泉ゆたか

京の恋だより
眠り医者ぐっすり庵

実業之日本社

実業之日本社文庫

京の恋だより　眠り医者ぐっすり庵

目次

京の恋だより　眠り医者ぐっすり庵

第一章　長生き自慢

1

千寿園（せんじゅえん）の茶畑を吹き抜ける爽（さわ）やかな風に、若草色の新芽が揺れている。新芽のどこか薄荷（はっか）を思わせるような爽やかな匂いが漂う。

藍（あい）にとって久しぶりの我が家は、すっかり春の気配だ。

「長海（ちょうかい）和尚さん、ここからは少々早足で参ります。お足元に気をつけてくださいね」

藍は、千寿園の主人である伯父夫婦に見つからないように身を屈めて、ぐっすり庵のある林の奥へ向かった。

「心配ご無用。早足は得意じゃよ。誰にも見つからないように、山のお猿のように飛んでいかせていただきましょう」

飄々と応じた長海は、その年老いた見た目からは想像もできないほど素早く動く。

長海は、藍がつい先日まで女中修業をしていた桜屋で出会った、京の萬福寺からやってきた僧だ。

桜の宴で行われた江戸と京のお茶対決で、長海の淹れた飾りなく心の籠った茶は、訪れたすべての客を魅了した。

茶の心得を学ばせてもらうために長海に会いに行った藍は、代わりにぐっすり庵に案内をしてくれるようにと頼まれたのだ。

ぐっすり庵は藍の兄である松次郎が少年福郎を助手に営んでいる、うまく眠ることができない患者を専門に診る医院だ。

夕暮れどきから夜までの間だけ開くこの奇妙な医院には、〝明日のために眠りませう〟と書かれた引き札をどこかから手に入れた患者たちが、人目を忍んで次々に訪れる。

長崎の鳴滝塾で医学を学んだ松次郎は、幼い頃から西ヶ原一の秀才とされて将来を嘱望されていた。だが、今では昼夜逆転の生活を送りながら追っ手から身を隠す、お尋ね者の身だ。

「わっ！　お待ちくださいな」

この調子では置き去りにされてしまう。藍は慌てて歩を早めた。

「占い師のお種が言ったとおりじゃな。道を知らなければ決して辿り着けないところです。お藍さん、ご案内をどうもありがとう」

ようやく、かつては紙漉き小屋として使われていたみすぼらしい家が見えてきたところで、長海は目を輝かせた。

長海和尚さんのご期待に添えるといいけれど……。

藍の胸に、寝ぐせだらけの髪に、着物に猫の毛をたくさんくっつけた松次郎の姿が浮かんだ。

「松次郎先生に診ていただければ、きっと眠りの悩みはすべてうまくいきますよ」

せっかくここに来れば治してもらえると期待してくれている患者さんを、決して不安にさせてはいけない。

藍は祈るような心持ちで胸の内と逆のことを言って、にっこりと笑った。

と、そのとき、部屋の中から声が響いた。

「福郎、待て。待て。こんなときは俺に任せろ！」

ふえぇん、と福郎のか細い泣き声が聞こえる。

「松次郎先生、どうか、どうか追っ払ってくださいな……」

「いいか、決して動くなよ。決して、決してだぞ」

「ちょ、ちょっとお待ちください。その草履(ぞうり)。もしかしてそれで引っ叩くおつもりですか？ ということは私のおでこに……」

「そのくらいは仕方ない。我慢しろ」

「ええっ！ 松次郎先生、他人事(ひとごと)だと思ってそう仰(おっしゃ)いますが、ご自身の身に同じことが起きてもそうなさいますか？」

「子供のくせに理屈っぽいことを言うな。いくぞ、そーれ」

「いやあぁ！」

あまりの大騒ぎに、藍は慌てて庭に回り込む。

「兄さん、いったい何をやっているんですか？」

縁側から覗(のぞ)き込むと、大きな黒い油虫が額の真ん中に引っ付いた福郎が、泣きべそをかいていた。

「あっ、お藍さん、どうかどうか、お助けくださいな！」

福郎がにじり寄ってくる。

「ふ、福郎くん、どうして油虫がそんなところに……」

黒く嫌な艶を放つ油虫に、藍も思わず後ずさりしてしまう。

「わかりません！　いくら首を振っても、ここから逃げてくれないのです」

「手で払えばいいんじゃないかしら？」

「嫌です、嫌です！　油虫なんて指一本も触りたくありません！」

「だから俺が、一撃で倒してやろうと言っているんだ」

松次郎が腕まくりをした。

「ちょっと待って、兄さん、さすがにそれは……」

そのとき、目の前を白黒の影が素早く横切った。

「ああっ！」

福郎の叫び声。

気付くと床に油虫が落ちて引っくり返っている。

「ねう、ねうだね！　お前が助けてくれたんだね。優しいねう、勇ましいねう、大好きだよ」

得意げに獲物を前脚で突いているのは、このぐっすり庵で飼われている眠り猫のねうだ。

ひとたびねうの毛並みを撫でればどんな不眠に悩む患者も刹那で眠ってしまう、という不思議な力を持つ、白黒のぶち猫だ。

「ねう、さすがだな！　相変わらず頼りになる猫だ」

松次郎が誇らしげに草履を片付ける。

「なーう」

ねうは嬉しそうに胸を張ってから、いかにも気味悪く手足をうごめかせた油虫を一口でぱくりと呑み込んだ。

「あ……」

松次郎と福郎が呆然とした顔で絶句する。

しばし沈黙が訪れた。

「ここは何ともよいところですな。病とはどうしても重い気を運ぶもの。これほど笑いに溢れた医院というのは、古今東西そうそうありません」

長海の姿に気付いた福郎が、

「お客さまでしたか！」

と飛び上がった。

「今すぐにお茶をお持ちしますね。ねう……えっとごめんよ。ちょっとそこをどいてもらえるかな？ そうそう、もうちょっとあっちにいっておいで」

福郎はさりげなくねうを避けながら、台所へ駆けていった。

「兄さ――松次郎先生、患者さんをお連れしました。京の宇治からいらした長海和尚さんです」

「よろしくお頼み申します」

長海が深々と頭を下げた。

「京からいらしただって？ これはこれは、遠いところをよくいらしてくださった。ご期待に添えるかどうか、不安ではあるが……」

松次郎は決まり悪そうな顔をして、着物の襟もとを整えた。

2

部屋に上がった長海は丸まった背をもっと丸めてちんまりと座り、松次郎と向かい合った。

「私は今年で八十一になりました」

藍は思わず「えっ？」と訊き返しそうになった。

高齢だとは思っていた。だが、まだまだ矍鑠とした様子からして、さすがに八十を過ぎているとは思わなかった。

呆気に取られた心持ちで長海をまじまじと眺める。

「この幾年か、どうにも眠りが浅くて困るのです。夜は床についてもいつまでも眠れず、やっと寝入ったとしても、明け方には目が覚めてしまいます」

長海は顎鬚を撫でながら、しょんぼりと眉を下げる。

だがその語り口は穏やかだ。

長年仏に仕えて来た身らしく、何事にも動じないかのようにゆったりとした息をしている。

「そうか、そうか、ほうほう、なるほど」

帳面に長海の訴えを書き留めている松次郎の口調も、どこかのんびり気が抜けている。

相談事を持ち掛けているのに、それを聞いているこちらのほうがふっと気が緩んでしまいそうになる。きっと長海が持つ、皆を安心させるような人となりのおかげに違いない。

「和尚、日中はどのように過ごしていらっしゃるんだ？」

「寺では朝から小僧たちと共に、お堂の隅から隅まで掃除をしてから勤行（ごんぎょう）を行っておりました。それから朝餉（あさげ）を摂って、昼の勤行へ。境内の掃除をして、その後は檀家に呼ばれることもあります。さらに、客人に茶を振る舞うのもこの頃です。暗くなりましたら早くに夕餉を摂り、日の入りと共に床につきます」

「素晴らしく壮健な一日だな。寺での暮らしということならば、暴飲暴食もなければ酒も呑まないだろう。強いて気になるとすれば茶のことだが……」

「茶が人の目を覚ます作用は、じゅうぶんに存じておりますとも。もう数十年も前から、昼より後には茶を飲まないように心がけています」

長海が頷いた。

「そうか、ならば和尚のこの数年の暮らしに、眠りを妨げるような悪いところはどこにも見当たらないな」

松次郎が両腕を前で組んだ。

「悪いところはどこにもない、ということは、どうにも治しようがないということになりますかな?」

長海が残念そうに訊いた。

「そうだな……。人は年を重ねると、眠りが浅くなるというのは間違いない。見たところ和尚は肌艶もよく足腰もしっかりしていらっしゃる。今の眠りでじゅうぶん足りている、ということなのかもしれないな」

「そうでしたか。私は若い頃から眠るのが大好きなものでしてな。久しぶりにぐっすり眠れたな、と感じる朝のあの心地よさをもう一度味わいたい、と贅沢を言っているだけなのかもしれませんな」

長海が眉を八の字に下げて顎鬚を撫でる。

「ですがそれが年を重ねて生きるということ、仏のお導きということならば、受け入れるほかありません。松次郎先生、お手を煩わせてしまい失礼いたしました」

長海はあっさり頭を下げて腰を上げようとした。

「和尚、まあ待て。せっかくぐっすり庵へいらしていただいたのに、そのままでいいとだけ伝えて帰すわけにはいかない。この眠り猫のねうの力で、久しぶりにぐっすり眠ってみないか？」

松次郎が背後を手で示すと、尾っぽをぴんと立てたねうが「にゃーう」と力強い声で鳴きながら現れた。

「ややっ、これは先ほどの油虫を倒した勇敢な猫ですな。ずいぶんと立派な体軀ですなあ。この猫が、眠り猫、ですって？」

長海が優しい顔で、おいで、おいでと手招きをすると、ねうはまっすぐに長海の前にやってきてごろりと横になった。

「お前は愛想の良い猫だね。油虫は美味しかったかい？　ああ、そうかいそうかい。良い子だ良い子だ」

ねうはご機嫌な様子で、長海の皺だらけの手をぺろりと舐めた。

松次郎が、油虫を思い出したかのように「ひっ」と肩を竦めてみせたので、藍は慌てて松次郎を睨んだ。

「良い子だ、良い子だ……」

長海の声がどんどん小さくなっていく。

「お藍、和尚を支えて差し上げろ。いくら壮健そうでも、お年を召した方がぱたんころりと寝入っちまう光景は肝が冷えるからな」

「縁起でもない言い方をするのはやめてくださいな」

藍は慌てて立ち上がると、頭を大きく揺らしてうつらうつらし始めた長海の肩に手を添えた。

そっとその場に横たわらせると、搔巻を持ってきて胸元まできちんと掛ける。

長海は安らかな寝息を立ててぐっすり眠っていた。

「あら、ねう？　一緒に搔巻に入るの？」

ねうは長海に身を寄せて心地良さそうに目を細めると、「なーう」と眠そうな声で鳴いた。

3

長海の安らかな寝息と、ねうの案外大きく響くいびきが部屋に広がる。

「息に乱れがまったくないな。まるで赤ん坊のように壮健な身体だ。いったいどうしたらこれほど健やかに年を取れるのか、ぜひとも和尚の教えを請いたいもんだ」

松次郎が目を丸くした。

「ねえ兄さん、寝ているときの息の乱れ、ってみんなあるものなの？」

藍は不思議に思いつつ訊いた。

「息の乱れとは、暮らしにどれほど緊張があるかを如実に示しているんだ。起きているときのほうがもっとわかりやすいぞ。やってみようか」

松次郎が藍に向かって身を乗り出した。

「兄さんが百数えるまでにお前は何回息を吸って、吐いたか数えるんだ」

「え？　ちょ、ちょっと待ってちょうだいな。息なんて普段少しも気にしていないから、数え方なんていわれてもわからないわ。ええっと……」

きょろきょろと周囲を見回してから、藍はぽんと手を打った。

「そうか、こうすればいいのね」

己の鼻の下に人差し指を置く。

指に当たる鼻息が、思ったよりもずっと力強いことに驚く。

「いいわ。これで息を数えるわ」

「よし、それじゃあ始めよう」

松次郎が、指を順に一つずつ広げて、そして逆側から折る。

藍はそれをじっと見つめながら、必死で数を数えた。

「百数えたぞ。息は何度だ？」

「えっと、六十七回でした」

「多すぎだ。お前は赤ん坊か。大人は四十もあれば多いほうだぞ。いったいどんな数え方をしたんだ？」

「ええっ！　そんなあ。数え間違えないように、気を張り詰めてしっかり数えていたのよ」

「それが原因だ。人は緊張すると息が速くなる」

松次郎がくすりと笑った。

「まあ、私はてっきりまた兄さんにからかわれているのかと思って……」

「お藍！　逃げろ！　油虫だ！」

いきなり松次郎の悲鳴が響き渡り、黒いものが藍の顔を目指して飛んできた。

「いやあっ！」

油虫が額に貼り付いた福郎の姿が胸を過る。

藍は必死で頭を抱えて飛び退いた。

着物に何かが当たって、かさり、と音がする。

「えっ？」

足元に落ちた紙つぶてに、松次郎に担がれたと気付いた。

「兄さん、悪ふざけはやめてよ。私、どれだけ肝が冷えたか……」

「今の息を数えてみろ」

言われて数えると、先ほどとは比べ物にならないほど息が上がっていた。

「……息って、こんなに違うのね」

あまりの違いに驚いた。

「面白いだろう？　ちょっと驚いたり焦ったり、嫌なことが起きたり、って胸の中のことだけで、息ってのはこんなにも乱れているもんさ。逆を言えば、和尚のように常に安らかで乱れのない息をしているというのは、胸の内に少しも濁りがないということなのかもしれないな」

藍と松次郎が大騒ぎをしていたというのに、長海は少しも気づかずにすやすやと眠っている。

微かに笑みを湛えたその寝顔は、傍らでどこまでも幸せそうに眠るねうとそっくり同じだ。

そのとき、盆を持った福郎が、済まなそうに部屋に入ってきた。

「どうもどうも、先ほどうっかり茶筒をひっくり返して茶葉をすべて床にばら撒いてしまったせいで、遅くなってしまいすみません。お茶をお淹れしました」

「福郎、お前、また茶筒の中身を……」

松次郎が口をあんぐり開けた。

「しっ、松次郎先生、患者さんがお休みの最中ですよ」

福郎は素知らぬ顔で、まるで窘めるように首を横に振った。

「さ、さ、和尚さんがお目覚めになるまで、私たちは美味しいお茶を飲んでお待ちしましょう」

福郎が藍に、松次郎の前に湯呑みを置いた。

「福郎くんありがとう。あら？　このお茶……」

藍が鼻をひくつかせると、福郎は得意げに頷いた。

「ええ、お藍さんが桜屋の花見の宴で客人たちに披露された、〝かくし茶〟を真似てみました」

〝かくし茶〟は、藍がさんざん苦心の末に考え出した、醤油を隠し味に使った茶だ。

「この〝かくし茶〟はとんでもない発見です。まるでお茶を飲みながらお煎餅を齧っているみたいな懐かしい味がするんです。出店についての話は進んでいるのですか？」

「ありがとう。そうね、〝かくし茶〟の出店については、近いうちに一心さんと相談をする約束になっているわ」

万屋一心は、千寿園へ商売の忠言をするためにやってきた男だ。

『万屋一心一代記』という金と運の話ばかりを綴った格言集で江戸っ子たちから人

気を博した商売人で、己のことを人の心を扱う〝万屋〟と称している。

千寿園に現れたばかりの頃は胡散臭いことこの上ない男だった。だが一心の眠りの悩みを松次郎が解決したのを機に、憎たらしいながらも藍が歯に衣着せずに話し合える数少ない仲間となった。

「楽しみですね。きっと大きな評判になりますよ」

福郎がにっこり笑って美味そうに茶を啜ったそのとき。

「ふわあああ」

何とも呑気なあくびの音が聞こえた。

「ああ、ずいぶんよく寝たな。とても心地よかったよ。こんなにぐっすり眠れたのは久しぶりじゃ」

長海が半身を起こして伸びをした。

ねうも「おおお」と剽軽な声を漏らしながら、全身を波打たせるようにして伸びをする。

「長海和尚さん、おはようございます」

藍が声を掛けると、

「ああ、おはよう」

長海がにこやかに応じる。

「お茶を淹れ直して参ります」

慌てて立ち上がろうとした福郎を「いやいや、そのままで構わんよ、これでじゅうぶん有難い」と制して、冷めた茶をごくりと一口。

「いやあ、美味しいお茶だねえ」

長海の寝起きの様子は、どこまでも健やかだ。

ねうにぐっすり眠らせてもらった者は、だいたい寝起きに、不眠の理由を暗に示すような不可解な行動を見せるはずだったのに。

藍と松次郎は顔を見合わせた。

「和尚、ねうの力を借りてみても、やはりあなたには何も悪いところはない。八十一にもなれば、若者のようにすとんと眠れないことが当たり前だ、と聞いたようなことを言うしかないのが医者として悔しいところだ」

松次郎がお手上げだという顔をした。

「わかりました。そこまで言っていただければ、かえってすっきりいたしました。

ほんのたまに訪れる、嘘のように眠れる日だけを楽しみに生きることといたしましょう」

長海が頷いた。

「何だって？　ほんのたまに眠れる日があるのか？」

松次郎が訊き返した。

「ええ、ほんのたまに。まるでご褒美のような日に過ぎませんが」

長海がきょとんとした顔をした。

「それはいったいいつなんだ？」

「残念ながら少しも見当がつきません」

長海が肩を竦めると、松次郎はしばらく難しい顔で考えてから、

「次にそんな日があったら、すぐに教えてくれ」

と言った。

4

神田明神（かんだみょうじん）さまの参道は、いつも参拝客で溢れ返っている。

夫婦和合や縁結びにご利益があるといわれていることもあり、特に華やいだ表情の若者の姿が多い。皆、連れ立って串に刺した田楽や団子を食べ歩き、出店の可愛らしい小物に足を止める。

一年中、祭りの縁日が開かれているような場所だ。

「え？　ここですか？　とんでもなく立地の良いお店ですね……」

藍は口をあんぐりと開けて、《飛鳥山（あすかやま）千寿園》の看板の掲げられた立派な店を見上げた。

参道のちょうど真ん中。お堂に向かう人からも参拝を終えて帰る人からも目につきやすい、横からの小道に面した角地だ。

店先には木材が積み上げられ、まだ店開きの準備の最中と一目でわかる。なのに、既に興味津々という顔で店の中を覗き込みにくる客の姿もあった。

「ああ、そうだ。勝負に出るときには、このくらい派手にやらなくちゃ意味がない」

一心が扇子で顔を忙(せわ)しなく仰ぎながら、店の中のあちこちに鋭い目を向ける。

一心は少々ぽっちゃりとした童顔のわりに、妙に男らしく綺麗な低い声を持つ、胡散臭いながらもどこか憎めない風貌の男だ。

『万屋一心一代記』に描かれた美しい似顔絵とは似ても似つかない姿なので、道行く人の中で一心に気付く者はどこにもいない。

「もう少し小さなお店を出してから、様子を見るほうがよかったんじゃないでしょうか。千寿園の名なんて、ここを歩いている人たちは誰も知らないわけですから……」

藍はいかにも茶店らしい濃い緑に《千寿園名物　かくし茶》と染め抜かれた幟(のぼり)に、不安げに目を向けた。

「知らないからこそいいのさ。当の本人が、『我こそ飛鳥山千寿園！』なんて堂々と偉そうに名乗っていれば、相手はそれを知らない己が馬鹿のように思えてくる。客商売ってのは偉そうにすればするほど、客は己の無知を晒(さら)したくないがために、勝手に『ああ、これが、あの有名な例のあれだね』なんて有難がってくれるもんさ」

一心はいつもこうやってひねくれたことを言う。

「そんな、お客さんを騙すようなこと……」

少しも偉くもないものを堂々と偉そうに名乗るなんて。何とも気が重い。

藍が肩を竦めると、一心が面倒くさそうに顔をしかめた。

「お藍、お前はまったく甘ったれが過ぎる。桜屋での修業でちょっとはましになったかと思ったんだが、相変わらずだな」

「甘ったれですって？　私は嘘のない商売をしたいだけです」

むっとして言い返した。

「嘘のない商売だって？　そりゃいい。ならば、千寿園の茶葉を、形や質の選り分けもせずに泥まみれでそのへんの駕籠にまとめておいて、お客さん勝手に好きなだけ持っていっておくんな、とでもいう小汚い店でも作ればいいさ」

「……嫌味な言い方はやめてくださいな」

藍は仏頂面を浮かべた。

「だが、お前が言っているのはそれと同じことだ。貧乏くさい茶畑は、いかにも貧乏くさくしていなくちゃ〝嘘〟なんだろう？」

藍はうぐっと唸った。

「お藍、そもそもこのかくし茶は、何のために作った？　味のわかる一流のお方々に、千寿園の素朴ながら最高の茶葉をじっくり味わっていただきたい。そんなお高く止まった心構えで作ったのか？」

「いいえ、老若男女のお客さんに珍しくて美味しいお茶を味わっていただいて、楽しい気持ちになって欲しいと思いました」

そこだけはきっぱり言える。

「ならば、客の楽しい気持ちを作るのは私たちの仕事だ。どこかは知らぬがどこぞで有名だという『飛鳥山千寿園』がお江戸の皆さまにお送りする、ここでしか飲めない秘伝の味。それがこの〝かくし茶〟だ！」

一心は胸を張ってから、「そういえば、千寿園は商売を始めて何年になる？」と訊いた。

「ええっと、私の父と伯父が作ったので、長くても二十年ほどでしょうか」

「いいぞ。それなら屋号の前に『創業文化三年』の文言も入れよう。『創業文化三年　飛鳥山千寿園』どうだ、ずいぶん風格が出ただろう?」

「二十年くらい続いている店なんて、いくらでもありますよ」

「他の商売のことは知らん。茶畑を二十年続けるってことはとんでもなく、とんでもなく大変なんだ。だから創業の年は千寿園にとって誇るべきこと、皆に知らしめるべきことさ!」

一心が言い切った。

「そんなあ。そんな話、聞いたこともありませんよ」

「うるさい、うるさい。お前も『嘘のない商売をしたいんです』なんてぼんやり甘えたことを言っていないで、商売についてもっときちんと考えるんだな。『この憂き世は、己の足で動かない者ほど、己を誠実と思い込む』。うーんこれは、私の本を読む者には耳が痛すぎて受けないかもしれないなあ。金の話をくっつければ使えるか?」

一心が懐から取り出した帳面に、己の言葉を書きつけて難しい顔をしている。

「商売についてもっときちんと考えろ、ですか……」

藍は口元を尖（とが）らせて店の中を見回した。

この店は広すぎるほど広い。

その上、ひっきりなしに客が通る良い場所だ。

どれほど金がかかっているのだろうと思うと、ぞくりと寒気を感じた。

一心に惚れこんでいる伯父の蔵之助（くらのすけ）は、きっとこの店を千寿園の商売の要となるような覚悟で金を出したに違いない。

これは遊びではないのだ。

一心だけではなく、関わる者の皆が知恵を振り絞って全力でこの商売をうまく進めなくてはいけない。そうでなければこの店は呆気なく潰れて、千寿園は莫大な借金を背負うことになる。

「一心さん、少しだけ間をください。私も考えてみます」

「無理だ。この店はあと数日で開けると決まっている。甘ったれのお嬢ちゃんが閃（ひらめ）くのを悠長に待っている暇なぞない」

「まあ」

あっという間に叩き落されて、藍は目を丸くした。

「わ、わかりました。お店のほうは一心さんのやり方にお任せします。私は私で、少しでもお客さんに喜んでもらえる方法を考えます」

「ああ、そうしてくれ。きっとのんびりだろうから、期待せずに待っているぞ」

「ええ、どうぞ少しも期待なさらずお待ちくださいな」

　藍は膨れっ面で一心を睨んだ。

　一心がぷっと噴き出した。

　面白そうな顔でしみじみと藍を見る。

「お藍お嬢さんは一度、お江戸を離れたほうがいいのかもしれないな」

「え？」

　一心の言う意味がわからず、藍は首を傾げた。

「お江戸ってのは、国じゅうから野心を持った若者が集まるところさ。面白い奴がたくさんいて面白いことがたくさん起きると言われている。けれど、お前にとってお江戸は、ただ己が生まれ育った居心地の良いところだろう？　一見、生き馬の目を抜くところで闘っているようでいて、いつまでもぬるま湯に浸かっているようなもんさ」

「ぬるま湯……？」

滝野川の桜屋のときのように、またどこかへ修業に出ろと言っているのだろうか。

「お前がほんとうに千寿園の跡継ぎ娘としてやっていく覚悟があるんなら、考えてもいいのかもしれないぞ。そんな面倒くさいことはご免だって話なら、もちろん忘れてくれ」

「え？　考える、って何をですか？」

「まあ、それは先の話だな。とりあえず、お藍お嬢さんの考えとやらを楽しみにお待ちしているぞ」

一心は扇子で顔を仰ぎながら、わざと意地悪そうに笑ってみせた。

5

「ただいま。ああ、今日はくたびれたわ」

千寿園の茶畑の隅にある広々とした我が家で、藍はふうっとため息をついた。

一心に命じられた桜屋での女中修業のため、この家をちょうど三月ほど留守にしていた。

十日に一度ほどは奉公人が家に入って埃（ほこり）を払ってくれていたので、家の中は心地よく整えられていた。

だが家族の思い出がたくさん詰まっているはずのこの家が、最近どこかよそよそしく感じられる。

両親が亡くなってしまったことに加えて、兄の松次郎が林の奥のぐっすり庵で身を隠して暮らしてしまっているせいかもしれない。

眠り猫のねうに、弟子の福郎。それにひっきりなしに訪れる患者たち。

今ではこの家よりもぐっすり庵のあばら家のほうがずっと賑やかで、生気に満ちている。

藍は、縁側に腰かけて夕陽に染まった空を見つめた。

かつてこの家から、松次郎が長崎の鳴滝塾へ旅立ったときのことが思い起こされた。

鳴滝塾とはシーボルトという異人が開いた、養生所を兼ねた医学校だ。

松次郎に蘭方医学を学ばせて、あらゆる病を治すような名医にするというのが父の悲願だった。

あの日、藍と両親は、茶畑の畦道（あぜみち）をどんどん小さくなっていく松次郎の背中を、誇らしい気持ちでいつまでも見送った。

そんな自慢の兄だった松次郎が、しばらく文の返事が途絶えたかと思ったら急に別人のように軽薄な喋（しゃべ）り方になって戻ってきたときは、悪い夢でも観ているのかと思った。

おまけにお尋ね者として追手に追われているなんて言い出すせいで、藍は生家の千寿園で己の居場所を探しつつ、松次郎の面倒を看つつと、目まぐるしい日々を送っていた。

――お前がほんとうに千寿園の跡継ぎ娘としてやっていく覚悟があるんなら。

昼間の一心の言葉が胸に蘇（よみがえ）った。

実はあの言葉を聞いた刹那、藍は心ノ臓をぎゅっと摑（つか）まれたような気がした。

母が亡くなった当初、伯父夫婦は藍の嫁入り先を必死になって探していた。ひと時は、一心に嫁入りを……なんてとんでもない話が出たほどだ。

伯父夫婦は、甘やかされて育った世間知らずのお嬢さんである藍には、商売は到底無理だと思っていたに違いない。

藍自身も、嫁入りなんてまっぴらだと思う反面、生家の商売に本腰を入れて向き合うこともできない己の甘ったれが不甲斐なかった。

だが千寿園の商売の立て直しを図るために呼ばれた一心との出会い、桜屋での女中修業を経て、藍は少しずつ働くことの楽しさに気付き始めていた。

己の閃きで客に喜ばれるものを作りたい、両親が大事にしていた千寿園を守り立てたいと思うようになったのだ。

「跡継ぎ娘……」

その言葉の重さに密かに息を吐いた。

伯父夫婦に子はいない。

もしも藍の本気の覚悟が伝われば、無下に駄目だと切り捨てたりはしない人たちだろう。

「でも、そんなこと、私にできるのかしら？」

目の前に広がる広大な茶畑。このすべての仕事を己がひとりで司り、己が守る。

そんな途方もない大きなことをする先行きが、今は少しも想像できなかった。

「あおーん」

驚いて声のした方を見ると、庭の茂みからねうが顔を出した。

「あら、ねう。こっちの家に来てくれたのね。ちょうど顔を見たかったのよ。嬉しいわ。ここへいらっしゃいな」

手招きすると、ねうは軽い足取りでひょいと縁側に飛び乗ると、早速丸くなって藍に身を寄せた。

その毛並みを撫でると、熱いほどの温もりが伝わってくる。

「ねう、いい子、いい子ね」

藍は覚えずして頰を緩めた。

やはり己の先行き、なんて難しいことを、ひとりぼっちで寂しいときに考えてはいけない。こうしてねうの温かい毛並みを撫でていれば、きっとどうにかなるだろう、とほっと気が抜ける。

藍は大きなあくびを一つした。

「あら？　ねう。これ、どうしたの？」

ねうの首に紙で作った首輪が結び付けられていた。

よくよく見ると、万が一にでも木の枝で引っ掛けたりしたときにすぐに首輪が外れるように、わざと輪が千切れやすい薄い紙一枚に書かれている。

「兄さんからのお文ね。何かしら？」

こんな用意周到な仕掛けをするのは松次郎に違いない。近所の子供に遊びで括りつけられたとは思えない。

「ねう、わざわざお文を運んでくれてありがとう。ちょっとごめんね」

ねうの首から文を取って広げると、中には松次郎の無駄に綺麗に整った字で

「ねう人形の材料足りず。患者より三毛、鯖、錆柄の求めあり」

と書いてあった。

「あら、あのねう人形、そんなに人気なのね。よかったわね」

ねう人形とは、つい先日、松次郎と福郎が試行錯誤の末に作り出した、眠り猫ねうを正確に象った人形だ。

中に湯たんぽを入れて大事に胸に抱くことで身体の一部がじんわりと温かくなり、眠れない患者を眠りに誘うという仕掛けだ。

「三毛、鯖、錆柄の布なんて、そんなに容易に手に入らないわ。白地の布に茶色や

黒の布を貼り合わせるといいのかしら？　ねえ、ねう？」

次にぐっすり庵に行くときに、どっさり端切れを持って行かなくてはと思いを巡らせる。ぐっすり庵にさまざまな柄のねう人形がずらりと並ぶ光景を想像したら、思わず笑みがこぼれた。

「ねうにそっくりな人形。それもいろんな柄がずらりと揃っていたら、きっと、患者さんみんなが欲しがるわね」

ねうの顎をぽりぽりと掻いてやる。

「なーん」

ねうがうっとりと目を細めた。

ふいに胸に浮かんだ考えに、藍ははっと息を呑んだ。

「いろんな柄がずらりと揃っていたら……。確かに最初は買うつもりがなくても、己のいちばんの好みはどれかしら、って選んでみたい気分になるわ。ねう、そうよね？」

藍の真剣な表情に、ねうはきょとんとした顔をしている。

「ねう、ありがとう！　あなたのおかげよ。私、面白いことを思いついたわ！」

藍がぽんと手を鳴らすと、ねうが「おうっ！」と得意げに鳴いた。

6

急に夏の気配を感じる晴れ渡った青空に、まだ涼しい風が吹き抜ける。

表をそぞろ歩きするには絶好の日だ。

「さあさあ、皆さま、列のいちばん後ろはこちらです。順に急いでご案内いたしますから、少々お待ちくださいね」

《創業文化三年　飛鳥山千寿園かくし茶》の看板の前に、長蛇の列ができていた。

普段は茶畑で茶摘みをしている娘たちが、今日は《千寿園》の名が染め抜かれたお揃いの前掛け姿で走り回っていた。

茶摘み娘たちの商売向けの笑顔はまだどこかぎこちない。だが、皆、畑仕事で鍛えた丈夫な身体のおかげか動きが俊敏(しゅんびん)で清々しい。

〝水茶屋の娘〟と聞いて皆が思い浮かべる、気怠(けだる)げで艶っぽい姿とはまったくの別物だ。

「かくし茶を二つ、ですね。はい、すぐにお待ちしますね」

藍も娘たちと同じ格好をして、客の中を駆け回る。

盆を持つときに両手でしっかり縁を握っていては、すぐに筋が強張って疲れてしまう。茶を運ぶときは右腕の上に盆を置いて、左手はそっと添えるだけだ。

桜屋の炊事場でただひたすら盆を右から左に流すだけだった女中修業が、ずいぶん役に立った。

「あ、一心さん」

藍は、店の入り口で満足げに周囲を見回す一心の姿に気付いて駆け寄った。

「盛況だな。まあ、この私が関わったのだから、当たり前といえば当たり前のことではあるが」

「おかげさまで。店開きからずっとこの調子で、目が回るような忙しさです」

藍は胸を張った。

「帳面を見せてみろ」

「ええ、もちろんですとも」

藍は少しの躊躇（ちゅうちょ）もなく奥から帳面を取って戻った。

「はい、ご覧くださいな」

「ああ、わかったぞ。それはしまっていい」

一心は帳面を開きもせずに、適当に頷いた。

「えっ？　だって今さっき、一心さんが帳面を持ってこい、って言ったのに……」

「私は人の商売に口を出すのが仕事だ。私が帳面を見せろと言って、『もちろんですとも』なんて嬉しそうに飛んでいく店主がいる店の姿を見れば、どれほどえげつないぼろ儲けをしているかは、中身をみなくともわかるさ」

一心が鼻で笑った。

「まあ、そんな、ぼろ儲けだなんて……」

藍は思わず周囲を気にして声を潜めた。

だが悔しいが一心の言うとおりだ。

開店から十日。客の数は日に日に増え続け、何かの間違いではないかと思うほど売れに売れた。

「最初に一心さんがお店の場所をここにしたと聞いたときは、どうなることかと思いました。ですが、さすが一心さんですね。こんなにたくさんの売り上げがあるなんて思ってもいませんでした」

普段は一心に膨れっ面を見せてばかりなのに、儲かっているときだけ素直になるというのは虫の良い話だ。そう思いつつも、ご機嫌な気持ちは抑えられない。

「さすがお藍お嬢さん、生粋(きっすい)の甘ったれだな」

「へっ？」

一心が面白そうに笑う。

「少しも気は抜けないぞ。立地の良い店ってのは、常に満員御礼のえげつないぼろ儲けが当たり前だ。そうじゃなくちゃ、あっという間に潰れちまう、っていう諸刃(もろは)の剣なのさ」

「そ、そんな……」

藍はあんぐり口を開けて店の中を見回した。

この満員のお客が当たり前だなんて。

そんな危なっかしい橋を渡っていたなんて、少しも知らなかった。

藍はしょんぼりと眉を下げた。

「だが、お前の閃きは悪くはないぞ」

一心が藍の背をぽんと叩いた。

店の中に貼った五枚の緑の紙を見上げる。

五枚の紙の緑色の濃さはすべて違う。それぞれの紙に《薄い》《少し薄い》《普通》《少し濃い》《濃い》と書いてあって、五つの濃さの中から客の好みによって味を選べるようにしたのだ。

「客にはどれにしようかと選ぶ楽しみがある。さらにこの仕組みは、一度来た客を幾度も通わせることができるんだ。人は最初はいちばん人気の《普通》を飲むが、次はより己の今の気分に合ったものを試してみたいと思うものだ。もしまったく口に合わなくとも、また誰かの付き合いがあれば、もうあと一度は別の濃さを試してみようと思わせることができる」

一心が考え深い顔をして頷いた。

「それに私が何より感心したのは、茶の濃さを変えるだけならば、いくつのものから選ぶにしても、わざわざ新しい材料を必要としないところだ」

「お茶の濃さの加減をするだけならば、千寿園の皆はお手のものですからね」

藍は胸を張った。

「そうたくさん褒めていただけると、なんだか私、すごく賢くなったような気がします」

藍はにんまりと笑って両手で頬を押さえた。

「賢いとは一言も言っていないぞ」

一心が憎たらしい顔をした。

「だがこの私が、今まで素人の閃きに、これほど心を動かされた例しがないのは事実だな」

「えっ」

一心の素直な言葉に、藍はどこか調子が狂った気分だ。

するとすぐ横で、

「ふぉっ、ふぉっ、ふぉっ」

といかにも老人らしい豊かな笑い声が聞こえた。

「まあ、長海和尚さんでしたか！」

床几の隅にちんまりと座った、長海の意外な姿に驚いた。

「お藍さんのこのかくし茶、桜屋の宴でいただいたあのときよりも、もっと味に深みが増してもっと美味しくなっておりますな。この大盛況も大いに頷けます」

長海は美味そうに湯飲みを啜った。

色を見た様子だと、おそらく長海が飲んでいるのはいちばん濃い、《濃い》味のかくし茶だ。

「長海和尚さん、もしかして表のあの大行列に並ばれたんですか？　お声を掛けてくだされればよかったのに……」

腰の曲がった八十過ぎの年寄りが、この日差しの下、若者に混じって長い間並んだなんて。何事もなくてよかったとほっと胸を撫でおろす気分だ。

「皆と一緒に苦労して並ぶから楽しい。延々と並んだ末にようやくありつくからこそ、もっと美味い。生きるとは押し並べてそんなものですぞ」

長海は心底楽し気に目を細める。

「あれから、眠りのほうはいかがですか？」

藍は長海の横に座った。

「残念ながら、ふいによく眠れた日というのはまだ訪れていませんなあ。そんな日があったら、松次郎先生との約束どおり、すぐにぐっすり庵へ伺おうと思っておりますが」

「そうでしたか……」

藍は肩を竦めた。

「私がお江戸にいられるのも、もうあと数日じゃ。こちらにいるうちにそんな日がくればいいと願っているが、そう上手くはいかないのかもしれませんのう。まあ、それならそれで、それが仏のお導きじゃ」

長海は達観した様子で顎鬚を撫でると、身体を揺らして笑った。

7

藍は、たくさんの端切れを詰め込んだ駕籠を背負って、茶畑の奥の林の中をぐっすり庵へ向かった。

「いけない、いけない。ねう人形の材料を持って行くの、すっかり忘れていたわ。兄さん、きっと待ちくたびれているわね」

ここしばらくは神田明神の千寿園をどううまく行かせるかということで、いつも頭がいっぱいだった。

昨日店先で長海の顔を見たことで、ようやくぐっすり庵と松次郎たちのことを思い出したのだ。

「兄さん、遅くなってごめんね。美味しいお茶菓子を持ってきたわ。伯父さんのところにあった、いただきものの干菓子よ」

「お藍さん、こんにちは。干菓子ですか。それはそれは、ありがとうございます。通好みの大人っぽいお菓子ですから、お年を召した患者さんにとても喜ばれそうです」

飛び出してきた福郎が、ずいぶん澄ました調子で礼を言う。

大人びているがまだまだ子供の福郎には、干菓子は大人の味に違いない。

藍はくすっと笑った。

「安心してちょうだいな。福郎くんには甘い甘い水菓子を持ってきたわよ」

籠のいちばん上に入れた枇杷の山を見せると、福郎は「わわっ！　お藍さん、ありがとうございます！」と目を丸くして今度こそ満面の笑みを浮かべた。

「遅いぞ。ねう人形の材料は持ってきたか？　可愛い可愛いねう人形が出来上がるのを、どれほどの患者が夜も眠れずに待っているると思っているんだ。なあ、ねう？」

ねうを腕に抱いた松次郎が渋い顔で現れる。

「ごめん、ごめん。その分、古着の端切れをたくさん持ってきたわ。白に茶に縞に、斑にも見える鮫小紋……。あら、なんだか着物の柄って猫の柄によく似ているのね。そうそう、兄さんからのお文のおかげで、神田明神の千寿園に面白いことを閃いたのよ」

藍は五種類の濃さのかくし茶について説明した。

黙って頷きながら聞いていた松次郎が、最後にぽつりと呟いた。

「……神田明神の千寿園か。それはいいな」

藍ははっとする。

お尋ね者の松次郎は、同じ年ごろの若者のように神田明神のような賑やかな場所へ出ることなどできない。

藍の知っている松次郎は華やかな場所が好きな気質ではなかった。だが、隠れ家のような林の奥でねうと福郎だけを相手に暮らすのは、寂しいこともあるのかもしれない。

「ごめんね、兄さん。いつか兄さんにも、神田明神の千寿園を見て欲しいんだけれど……」

少し寂しい心持ちで言うと、松次郎が「は？」と首を傾げた。

「遠慮しておこう。俺は人込みは大嫌いだ」

「ええっ？　それじゃあ、今の『それはいいな』って言ったのはどういうこと？　自分もいつかそんな賑やかなところに行ってみたいなあって、そんな意味じゃないの？」

「まったくお前はよく喋るな。俺がいいと思ったのは……」

「お藍さんが商売について語るときの、生き生きとしたその顔のことですな」

聞き覚えのある声に振り返ると、長海が目を細めて顎鬚を撫でていた。

「長海和尚、久しぶりだな。和尚が再びここへ来たということは……」

「ええ、昨夜は久しぶりにぐっすりとよく眠れました」

長海が頷いた。

「ほんとうですか！　すごい！」

藍はぱちんと掌を打ち鳴らした。

「思い当たることはあるか？」

「昨日、長海和尚さんは、神田明神の千寿園にお客さんとしていらしてくださったんですよね？　あの暑い中、かくし茶を飲むために、皆と同じように長い間列に並んでくださったんです」

藍が思わず割って入ると、松次郎が「何？」と怪訝そうな顔をした。

「若者に混じって、たいへん楽しいときを過ごさせていただきました」

長海がにこやかに続けた。

「も、もしかしてあのかくし茶に、隠れた効能があるんでしょうか？」

藍は松次郎に耳打ちする。もしもそうなら大発見だ。

「茶が目を覚まして眠りを妨げてしまう効能は、長海和尚がいちばん良く知っているはずだ」

「ですが、それが一滴の隠し味の醤油と合わさったことで……」

「確かに、醤油の原料である大豆には眠りを促す効果があるが、ほんの一滴でそこまでの効き目があるかと言われると難しい気がするぞ」

松次郎がうーんと首を捻る。

「長海和尚、昨日のことをあなたの口から話してもらえるか？　胸に浮かぶ出来事を胸に浮かんだまま話してもらえればそれでいい」

「ええ、構いませんとも。昨日は、朝餉のときに宿屋の女将に神田明神の珍しい茶店の評判を聞きましてね。飛鳥山から来た茶問屋が開いた店だと聞いて、お藍さんのかくし茶のことだとすぐにわかりました」

長海は早速、日除けの大きな笠を被り杖をついて、神田明神へ向かった。

「長い列ができているのを見て、これはしまったと思いましたよ。ですが、せっかくここまで来てお藍さんに会わずに帰るわけにはいきますまいと、覚悟を決めて列に並びました」

やはりそうだったのか、と藍はこっそり息を吐いた。

あの長い列に並ぶのは、長海のご老体にはずいぶんと負担だったに違いない。

「ですが、それは良い散歩代わりになりました。恥ずかしい思いをしたのはその後です」

長海が照れくさそうに頭を掻いた。

「あの店にはとても珍しく面白い仕掛けがありましてな。五つの濃さから、茶を選ぶことができるのです。ですが年寄りの私の耄碌頭には、いったいどうやって注文をすればいいのかが少しもわからずに、ずいぶん手間取ってしまいました。『娘さん、かくし茶をおくれ』『どのかくし茶になさいますか？』『どのかくし茶、って、何のことだい？』ってこんな調子にね。結局は『あんたのおすすめを、おすすめのとおりに持ってきておくれ』なんて情けない頼み方をしましたよ」

長海が目を細める真似をしたその仕草に、藍は「あっ」と声を上げた。

店の中の光景が脳裏に蘇り、頭を抱える。

「長海和尚さん、ごめんなさい。緑色の色紙に書かれた文字が小さすぎました。若いお客さんが目立つお店だからといって、せっかく来てくださったお年寄りの方が、何が書いてあるのかわからないような貼り紙を作ってはいけませんよね」

ひどい失敗だ。

藍は深々と頭を下げた。

「いやなに、齢を重ねれば恥を掻くことにも慣れております」

長海はそう言ってくれるが、慣れない場所で、勝手がわからず居心地悪い思いをするのが好きな老人なぞそういない。

すぐに貼り紙の字を、誰が見ても一目でわかるように大きく書き換えなくては。

「えっと、明日の朝いちばんに神田明神へ行かなくちゃいけないわね。濃さを示す緑の紙はすぐには用意できないから、上からお札のように紙を貼るのがいいのかしら……」

早速あれこれ思いを巡らせ始めた藍に、松次郎と長海が顔を見合わせた。

「……もしかすると、和尚がぐっすり眠れる方法がわかったかもしれないぞ。私の言うことを試してみてくれるか？」

松次郎が言った。

「ぐっすり眠れる方法がわかった、ですと？　ええ、もちろん試させていただきますよ」

長海が目を剝いた。

「もしもそれで無事に長海和尚が眠れることができたら、ひとつ折り入って頼みがあるんだ」

松次郎が少々真面目な顔をして、長海に向き合った。

8

千寿園の茶畑が青々と風に揺れている。

「お藍、気を付けていくんだよ。くれぐれも気を付けてな」

伯父夫婦は揃って眉を八の字に下げて、何とも心配そうな顔だ。

一心がそんな二人を呆れた顔で見ている。

「甘やかしは禁物です。長海和尚がお道連れならば、道中は仏と一緒に東海道をぶらぶら歩いているようなもんです。大船に乗ったつもりでどんと構えて待っていれば、半年もしないうちに、こんがり日に灼けて二回りほども大きくたくましくなったお藍お嬢さんにお目にかかれますよ」

「こんがり日に灼けて二回りほども大きく、たくましくだって？　いや、そりゃ、お藍が無事に旅から戻ってくるのは何より嬉しいことだが……」

伯父夫婦は何ともいえない表情で顔を見合わせた。

「お二人ともしばらくの間、どうぞご達者でいらしてくださいな」

藍は、笠を被り脚絆をつけて着丈の長い道中着、それに杖を手にして旅出の挨拶を口にした。

今日は藍の、京への旅立ちの日だ。

東海道を歩いて長海と共に京の宇治にある萬福寺へ向かい、茶のもてなしの心を学ばせてもらうという約束だ。

「お藍さん、用意はよろしいですかな？」

茶畑の向こうで、旅の支度をすっかり調えた長海が手を振った。

「お藍お嬢さん、そこまでお見送りいたしますよ」

一心が伯父夫婦の前らしい爽やかな声で言って、藍の横を歩き出した。

「一心さん、神田明神の千寿園のことを、どうぞよろしくお願いいたします」

「お前に言われなくとも、それが元より私の仕事だ。少なくともお前が帰るときまでは、決して店じまいなんて羽目にはなっていないと約束するさ」

一心が鼻で笑った。

「いやしかし、私が蔵之助殿に忠言をする前に、己から言い出すとは思わなかったぞ。さすが松次郎先生は実の兄だな。お前の甘ったれを、ようくわかっていらっしゃる」

「伯父さんたちを説得できたのは、神田明神の千寿園が、思った以上に繁盛したおかげです。一心さんのお力添えには感謝しています」

旅に出るのにかかる莫大な金は、どうにか神田明神の千寿園の売り上げで足しにすることができた。

最初はただひたすら藍の無事を心配して、長旅に良い顔をしなかった伯父夫婦も、神田明神の千寿園の目覚ましいまでの繁盛を目にして、渋々ながら藍の本気をわかってくれたのだ。

「長海和尚、それではこの甘ったれをどうぞよろしくお願いいたします。どうぞ容赦なく厳しく扱ってやってくださいな。万が一、うまく育てば、千寿園を背負う大黒柱になってくれるかもわかりません」

一心が長海に頭を下げた。

「大黒柱ですって？　いえいえ、そんなそんな、とんでもない」

藍は頰に手を当てて照れ笑いを浮かべた。

「大黒柱、なんて厳めしい名で呼ばれて、喜ぶ娘というのも珍しいな」

一心が白けた顔をする。

「存分に学んでいただきましょう。何せ、私の眠りの恩人の松次郎先生のたっての頼みですからね」

長海が藍に目を向けて頷いた。

「長海和尚に眠りの悩みがあったのですか？　まさか、和尚ほど徳の高いお方が眠れないなんて、想像もできませんでした」

一心が驚いた様子で言った。

「なあに、年を取れば誰だって眠りが浅くなる、ただそれだけのことじゃよ」

「ですが松次郎先生は、それをどのように解決したのでしょう？」

「年寄りが眠れないのは当たり前。ならば……」

長海が藍に向かって悪戯（いたずら）っぽく笑った。

「年寄りらしからぬことをすればいいんじゃよ。そうすればどっと疲れて、寝床に入った途端にころりと眠ってしまいます」

「お年寄りらしからぬこと、とはどんなことでしょう？」

一心が首を捻った。

「新しいことです。これまでの暮らしにはなかった新しいことを、毎日一つでいい

から見つけてやってみるのです。そうそう、一心さん、あなたは、本を書いている
そうですね？　旅の共に持って行きたいと思っておりますが、どこで手に入ります
かな？」
「へっ？　私の本ですか？　あれは、金と運の話をひたすら書いただけのどこまで
も馬鹿馬鹿しい本です。和尚のようにお年を召して世のことをすべてご存じのお方
にお読みいただくのは、さすがに恐れ多いかと……」
一心が額に滴る汗を拭いた。
「金と運の話。生きることに悩む若者の心を軽くする、良い本に違いありません。
読むのが楽しみですのう」
「へえっ？　そんな大層な本ではありませんよ」
一心は必死で首を横に振りつつも、頬を赤らめて嬉しそうだ。
「もしよろしければ、差し上げます。読み終わりましたら、宿場でも京でも、お好
きなところに置いて帰っていただけましたらと」
と、懐に常に入れている新品の『万屋一心一代記』を素早く差し出した。
「これは、これは。何とも有難い。きっとこの本は、これまで私が読んだどんな本

とも違う驚きに満ちたものであろうな。一日一つの新しいこと。おかげでぐっすり眠れそうです」

長海は一心の本を大事そうに懐に仕舞った。

「それじゃあお藍さん、参りましょう」

茶畑を見回して、新芽の香りのする風に目を細める。

「ええ、どうぞよろしくお願いいたします。それじゃあ一心さん、あとはよろしくお願いします」

藍は長海と数歩進んでから、ふと振り返った。

心配そうにこちらを見守る伯父夫婦に手を振ってから、己の家に目を向ける。家の前には誰もいない。

あの家の前で、私はかつて両親と一緒に、茶畑の中のこの道を進んでいく松次郎のことを姿が見えなくなるまで見送った。

今度は私が旅に出る番だ。

――兄さん、行ってきます。

林の奥の松次郎に心の中で呟いたら、背筋がぐんと伸びたような気がした。

その壱

睡眠には、体力が必要？

人間は年齢を重ねるにつれて、どんどん眠りにくく睡眠時間が短くなっていく、という話を聞いたことがある方もいらっしゃるかもしれません。

確かに、夜更かしの朝寝坊で目覚ましがなければいつまでも眠ってしまえる若者とは対照的に、お年寄りは早寝早起きで、早朝からウォーキングなど精力的に活動されているイメージがあります。

年齢を重ねると、人間の身体は基礎代謝という一日を生きるために必要なカロリー数が少なくなります。そのため六十代くらいになると、最も活動的であった十代、二十代の頃と比べて、明らかに睡眠によって日中に失った体力を回復させるために必要な時間が短くなるのです。

自然に眠りから目覚め、日中も普段通り元気に過ごせている場合は、一般的に健康に良いとされている「七時間、八時間睡眠」にこだわる必要はまったくありません。

ですが一方で、健康な睡眠には、毎晩300キロカロリーほどが消費されていると言われています。これはランニング40分ほどの消費カロリーになります。

寝つきが悪い、眠りが浅い、寝起きにどっと疲れてしまう場合は、眠るための体力が不足している場合もあるかもしれません。

より良い睡眠のためにも、栄養あるものを食べて適度な運動をする、という日頃の体力づくりは欠かせないと言えそうですね。

第二章　京への道行き

1

　藍は街道沿いに綺麗に等間隔に植えられた並木に足を止め、珍しい色の小鳥を追いかけ、と、まるで初めて散歩に出た仔犬のように、行ったり来たりしながら先を進んだ。

　次々と変わる新しい風景に目を奪われていれば、いくら歩いても少しも疲れない。

　歩くというのは心から楽しいことだ。

「お藍お嬢さん、あんまり飛ばしちゃいけないよ。先は長いからね」

　苦笑いで藍に声を掛けたのは、齢の頃三十ほど、よく日に灼けて大きな身体をした畑野源左衛門（はたのげんざえもん）だ。

畑野家は西ヶ原王子（おうじ）村の名主の家だ。ちょうど親類や近隣の地主家の男たちを集めて、伊勢神宮（いせじんぐう）へ参拝をする伊勢講を結成したところだったのを、伯父の蔵之助が藍と長海を同行させてもらえるようにと頼んだのだ。

屈強な身体の伊勢講の一同が一緒だというのは、とても心強いものだ。

若い娘と老人だけの長旅は心許ない、と思う伯父の気持ちはよくわかる。それに長海が京からお江戸にやってきた際も、こうして大人数の旅に同行させてもらっての道行きだったと聞いた。

「はいっ！　わかりました」

藍は素直に答えて、列の中ほどを淡々と歩く長海の横に並んだ。

長海の背はすっかり曲がっているのに、足さばきだけはまるでそこだけ若者と同じように素早い。

「いい返事だ」

源左衛門が頼もし気に笑う。

この一行の長を務めている源左衛門は、己の大きな荷物に加えて長海と藍の荷物も半分ほど背負ってくれていた。

「日のあるうちに戸塚宿まで辿りつかなくてはいけませんからな。年寄りの歩みで、皆に迷惑を掛けるわけにはまいりますまい」

長海が足元に目を向けながら言った。

「まあ、長海和尚さんの足取りは、ここの皆さんと少しも変わりませんよ」

長海の歩幅は一定で、足音もずっと同じ律動を刻む。

ぐっすり庵で眠っていたときの息づかいそのままだ。

「ですが年寄りは、万が一の怪我をすれば、皆さんと同じには済みませぬ。旅というのは知らず知らずのうちに気が緩みます。普段よりも、もっと気を引き締めなくてはいけません」

長海が少し真面目な顔をした。

「……はい」

浮かれ切っている己を窘められたような気がして藍が下を向きかけると、

「ただでさえ、旅は飛び上がるように楽しいことが後から後から押し寄せて参りますからな」

長海が目を細めて笑って皆を見回した。

伊勢講の一同は、二十人ほどの大所帯だ。ある程度齢を重ねて戸主を務めている者が多いので、皆の年は三、四十代がほとんどだ。

とっくに分別のある大人のはずだが、皆、まるで子供のように楽し気な笑みを浮かべて、藍と同じように落ち着きなくきょろきょろと周囲を見回していた。

「宇治の萬福寺までは、二十日ほどかかります。梅雨にはまだ間がある、長旅にぴったりの良い時季ですな」

長海が晴れた空を見上げた。

「ということは、私の帰り道は梅雨どきになってしまいますね。いやだ、私ったら。帰りのことを少しも考えていませんでした」

長海の萬福寺で、京の茶のもてなしの心を学ばせてもらうのがこの旅の目的だ。帰りの道のりもこうして、信頼できる男の旅の一行に混ぜてもらう予定ではあったが、雨の帰路はずいぶんと骨が折れそうだ。

「慌てることはありませんぞ。せっかくの機会なのですから、次の旅の時季になるまで萬福寺でしばらくゆっくりなさい」

長海が可笑（おか）しそうに目を細めた。

「次の旅の時季……ということは、秋頃ですか？　そんなに長くお世話になってよろしいんでしょうか？」

「小僧の仕事を手伝ってもらえるならば、皆、助かります。毎朝早くから始まる厳しい仕事ですが、お藍さん、あんたにできますかな？」

「もちろんやらせていただきます！」

藍は大きく頷いた。

これから始まる夏の間、預かり者のお嬢さまとして暮らすのは気が重い。

厳しい仕事を命じてもらえると聞くと、力が漲（みなぎ）る気がした。

藍は並木の瑞々（みずみず）しい若葉と、その間に覗く青空を見上げた。

いくら歩いても少しも息が上がらない己の身体を感じながら、「私は今、とても若いのだな」としみじみと思う。

この身体中に漲るような若い力を、たくさんのことを学び、懸命に身体を使って働くことに使いたい。

西ヶ原の千寿園の茶畑が風にそよぐ、青々とした海のような光景。神田明神の

《創業文化三年　飛鳥山千寿園かくし茶》なんて厳めしい看板と、それに集う笑顔の若者たち。

それと、ぐっすり庵のちょっとのんびりしすぎな松次郎の姿を思い浮かべてから、

「兄さんのことはまあ放っておいていいわね、もう立派な大人なんだから」と胸で呟く。

歩を進めながら、今、己が向かい合うべきいろんなことが目の前に現れては消える。

そのどれもが、旅の涼しい風の中で、どこまでも前向きで胸が躍る楽しいことに思えてくる。

数年前、きっと松次郎もこんな晴れがましい気持ちで長崎へ向かったのだ。

ふいにそう気付いて、胸が熱くなった。

「……おとっつぁん、おっかさん」

周囲の誰にも聞こえないように、唇だけ動かして囁いた。

かつて藍は、両親の想いを存分に受けた秀才の兄の松次郎が羨ましくてたまらなかった。

松次郎の便りが途絶えたことを案ずる母に、おっかさんは兄さんのことばかり、なんて憎まれ口を叩きたくなったこともあった。

「私、今、旅に出ているのよ。あの引っ込み思案で泣き虫だった私が、おじさんたちに混じって京へ向かっているのよ」

旅、と口に出したら胸が熱くなった。

きっとこれからの日々は、己の人生を変える、一生忘れられない思い出となる。

「私、この旅で、たくさんのことを学んで、いつか千寿園のためになるような人になってみせるわ」

「何とも立派な心掛けですな。亡くなったご両親もきっと喜んでいらっしゃるでしょう」

長海が豊かに笑った。

「えっ？　やだっ！」

藍は素っ頓狂な声を上げた。口の中で呟いていただけのつもりが、いつの間にかはっきり声に出していたのだ。

頰がかっと熱くなった。

気付くと男たちの一同も、藍を振り返って楽し気に笑っている。

「きっとお二人が、道中を見守ってくださる。良い旅になりそうじゃ」

長海は歩を進めながら、胸の前で小さく合掌した。

2

旅の最初の日は保土ケ谷(ほどがや)に宿を取った。

「さあ、明日は朝からこの旅最初の難所の権太坂(ごんたざか)を上るぞ。初めての宿場町は物珍しいかもしれないが、これからは毎晩宿場で泊まるんだからいくらでも見て回れるさ。まずはしっかり休んで疲れを取っておいで」

夕餉(ゆうげ)が終わると源左衛門たち男衆は、藍を長海と同室の二階の部屋に追いやって、宿の主人と何やらこそこそ相談を始めた。

きっとこれから、呑みに繰り出そうというのだろう。

西ケ原のような田舎では、お江戸の真ん中と違って羽目を外して酒を呑む場所もそうそうない。

呑み屋の主人は先代からの知り合いだし、もしも名主の一族が岡場所のようないかがわしい場所に出入りしていたら、あっという間に噂になる。

自ずと彼らの酒の席というものは、お互いの家を行き来してお内儀さんのもてなしを受ける形がほとんどだ。子供の頃にお互いの家に遊びに行っておっかさんにおやつを食べさせてもらったのとさほど変わらない、なんとも真面目なものばかりだ。

「おっと、お藍お嬢さん、そんなに目をまん丸くして見ないでおくれよ。私たちはね、ちょいとこれから散歩がてら蛍を見に行くのさ。この近くに蛍の名所があってねえ。なあ、親父さん？」

源左衛門が慌てた様子で誤魔化す。

「素敵な蛍が見られるといいですね。それでは、私は疲れたのでもう上で休みますね」

「ああ、それがいい、それがいい。ぐっすりお休み」

念願のお伊勢参りの初日の夜だ。背に羽が生えたように楽し気な男たちに、藍はくすりと笑った。

二階の部屋へ上がると、長海が行燈の灯を入れて文机に向かっていた。

「やあ、お藍さん。ちょうど一心殿にいただいた本を読んでいたところです。これはなかなか良い本じゃな」

長海が示した本には「金を無闇に働かせてはいけない。株や金貸しにと金を忙しく働かせると、あそこではたくさん働かされると噂になってちっとも金が寄り付かなくなる。金は大事に懐に温めて愛でるが良い」と書かれていた。

見開きの反対側には、まるで人のような顔で描かれた小判妖怪が、ごろりと寝転がって大あくびをしている絵だ。

一心を模した美しい顔の若者が、その小判妖怪の横で甲斐甲斐しく茶を淹れて世話を焼いている。

「このところ金持ちの間では、金を働かせ、己は寝て暮らすなんてものが流行っておりますがな。嘆かわしいことです。働くというのは人にだけ備わった役目。誰かのために手足を動かし懸命に働くことほど、楽しいことは他にありませんぞ。こんな小判妖怪如きには決してできないことじゃ」

長海が、だらしなく寝そべった小判妖怪の絵を指さして、おどけた顔で笑った。

「確かにそうですね。商売が傾いてしまった店というのは、怠け者の小判妖怪のお尻を叩いて無理に働かせようとしたところが多いように思います」

せっかく本業の商売は順調に進んでいたというのに、株や金貸しで身を持ち崩してしまう大店は、今も昔も驚くほど多い。

「若者の新しい考えを知ることができて、ためになりましたのう。これできっと、今宵はよく眠れます」

長海がにっこり笑って本を閉じた。

「お藍さんは、足が痛んでいるということはありませんかな？　もしも豆が潰れているようなら薬があります。膝が痛いようなら冷たい湿布もありますぞ」

「平気です。むしろ心地よい疲れです」

藍は己の両足をぽんと叩いてみせた。

日のある間じゅう歩きとおしたせいで、さすがにふくらはぎが火照って足の甲が腫れていた。だが痛みは少しもない。

「そうか、さすがの若さじゃな。まだまだ若者には負けないつもりだったが、それを聞くと悔しいのう」

長海はあちこちに湿布を巻いた己の足を見せると、照れくさそうに笑った。

行燈の灯を消して、各々横になる。

通りに面した障子越しに提灯の火が揺れていた。

表では男たちの楽し気な笑い声、時おり歌声まで聞こえた。

うるさくて少しも眠れない、なんて腹が立ってもおかしくないような大騒ぎだったが、旅で華やいだ心には何もかもが面白い。

藍は掻巻を引き上げた。強い香の匂いが漂う。さまざまな行きずりの旅人が泊まっては旅立つ旅籠に漂う香の匂いだ。

藍は天井を見上げて大きく息を吸った。

今の藍と同じようにこの部屋の天井を見上げた、たくさんの旅人たちのことを想う。

この世で暮らすほとんどの人は、毎日ほぼ同じ、変わり映えのない日々を送っている。

初めてのことに溢れた刺激に満ちた暮らしというのは、最初は物珍しく楽しい。

だが楽しいことは次第に種が尽き、同じような心根の者ばかりが集まる危なっかしい暮らしに堕ちてしまう。

藍は日々の暮らしに、息が止まるような刺激なぞ少しも望んでいない。ただ日々穏やかに、美味しいお茶で一服しながら、大事な人に囲まれて働いていたい。

そんな藍のような娘にとって、旅とはほんの束の間だけまったく違った人生を生きることを許されたような、まるで夢の中のようなひとときだ。

今の藍は〝千寿園のお藍お嬢さん〟でもなければ〝甘ったれのお藍〟でもない、ただひとりの旅人だ。

目の前に広がる新しい光景を味わうことだけをして過ごす今このときは、伊勢講の男たちが味わっているものと同じか、もしかしたらそれ以上に藍の身体を軽くした。

気付くと、長海が小さな鼾をかいていた。

――長海和尚さん、よかった。無事に眠れたのね。兄さん、うまく行ったわよ。

藍はほっと息を吐いて、松次郎の顔を思い浮かべた。

――そうだ、兄さんからもらったねう人形。忘れていたわ。

長海を起こさないようにこっそり搔巻から出て、荷物の中から枕くらいの大きさの人形を取り出す。

端切れのさらに端切れ、様々な柄の布を繋ぎ合わせて作った、藍用のねう人形だ。わざわざ旅仕様に作られていて、中身は綿を詰めずに下着や手拭いを入れることができるようになっていた。

ほんとうは、眠れない患者はこのねう人形の中に湯たんぽを入れて使う。かわいいねう人形を胸にしっかり抱いて横になると、胸元つまり心ノ臓の血行が良くなり、眠りに落ちやすくなるという仕掛けだ。

だが藍に渡されたこのねう人形は、松次郎からの旅の餞別(せんべつ)代わりのただのかわいらしい人形だ。

――兄さんが恋しくて泣きべそをかきそうになったら、この人形を抱いて寝ろ。あ、福郎がさんざん苦心して、ひと際ねうに生き写しの顔立ちに作ってくれたぞ。それと中には兄さんの新作の猫じゃらしをいくつか入れておいた。旅先で出会った猫にやるといいさ。

――まあ、私、小さな子じゃないのよ。兄さんのことが恋しくて泣いたりなんてしませんよ。でも、旅先でもねうのことを思い出せるのはとっても嬉しいわ。福郎くん、ありがとう。お土産に美味しいお菓子を買ってくるわね。

ねう人形を胸にしっかり抱いて、出がけにぐっすり庵で交わした軽口を思い出す。

思わず口元が綻んだ。


――兄さん、私は平気よ。旅ってとても楽しいわ。泣きべそなんてほど遠いんだから。

胸の中でそう言って、藍はごろりと寝返りを打った。

3

保土ヶ谷宿の朝、旅人の顔色はひどく悪い。

保土ヶ谷は西を目指す旅人にとって初めての宿場町だ。なので誰もが大いに羽目を外す。

一方お江戸日本橋を目指す旅人にとっては旅の最後の宿場町となるので、存分に遊び回る。

ということで、旅籠の朝餉の席では宿酔いと寝不足で浮腫んだ顔をした男たちが、どこか心ここにあらずの顔で、のろのろと箸を運んでいた。

「いやあ、うまい、うまい。朝餉の味噌汁というのは、五臓六腑に染みわたりますなあ」

艶々した頬をして朗らかな声を出しているのは、この中で長海だけだ。

「おや、お藍さん、どうされましたか？　まるで昨晩、夜通し遊び回ったお方々のように、目元に深い隈ができておりますぞ」

藍はぼんやりと一点を見つめていたのに気付いて、はっと息を呑んだ。

そう、いかにも壮健な様子で旺盛な食欲を見せているのは、この中で長海ただ一人なのだ。

「い、いいえ。何でもありません。いただきます！」

慌てて目元を擦って誤魔化して、箸を取る。

たったそれだけの仕草なのに、節々がずんと重かった。

漬物が添えられた麦飯を一口食べたら、胃がきゅっと縮こまるような気がした。

昨夜、ほとんど眠ることができなかったせいだ。

――いったいどうして……。

藍はどんよりとした心持ちでため息をついた。

せっかくの楽しい旅なのに。胸に留まる考え事をすべて西ヶ原に置いて、清々しい風の中を歩き続ける日々が始まるはずだったのに。

最初の日からこの調子では先が思いやられる。

「若者たち、今日は、歩き始めてすぐに心ノ臓破りの急勾配の権太坂がありますぞ。覚悟はよろしいかね？」

「は、はい」

源左衛門たちは、決まり悪そうな顔で麦飯を掻き込んでいる。

「ちょっと失礼いたします。お茶を一杯いただけましたらと」

昨晩、旅の疲れが少しも取れなかったせいだろう。胃がしくしく痛んできた。

藍が立ち上がると、旅籠の女将が「お食事が終わったころに、まとめて持って行きますよ」と不思議そうに声を掛ける。

「い、いえ。ちょっと喉がつっかえてしまったので、そちらに取りに伺ってもいいですか？」

「それはたいへん。でしたら、お茶よりもお水のほうがいいでしょうかね」

女将が湯呑に水を汲んでくれたので、藍は炊事場の近くまで取りに向かった。

湯呑の冷たい水を一気に飲み干したら、少し気分がすっきりした。

少し離れたところから見ると、源左衛門たち一行は、皆揃って何とも具合が悪そうな青白い顔をしている。輪の中で長海だけがしきりに楽し気に喋る姿に、藍は眉を八の字に下げて小さく笑った。

——長海和尚さんを見習わなくちゃいけないのに。もう、どうしてこんな大事なときに眠れなくなっちゃうのかしら。

ふいに背後に人の気配を感じて振り返った。

見知らぬ若い男が、親し気に笑った。

整った顔立ちというわけではないが、旅に浮かれた源左衛門たちとは違ってずいぶんと落ち着いて見える。旅の華やいだ気配が少しもないので旅籠の者かと思ったが、よくよく見ると使い古した脚絆をつけている。

「あんた、途中から京へ向かうんだろう？　どこから来た人だい？」

男たちの伊勢講に同行させてもらっているという藍の状況を察しているようだ。

「西ヶ原です」

「へえ、そりゃ偶然だ。俺のおっかさんは西ヶ原の出だよ」

　男がぽんと手を打った。

「まあ、そうでしたか。それでは、王子村の畑野家をご存じでしょうか？　私の一行はその畑野家の源左衛門さんが主を務めてくださっているんです」

　早速紹介しようと皆のところに向かいかけた藍を、男は「おっと」と押し留めた。

「話は最後まで聞いてくれよ。俺のおっかさんは、俺を産んだときに死んじまったのさ。だから、おっかさんから西ヶ原の話は一度も聞けていねえんだ」

「まあ、そうでしたか。それは寂しい思いをされましたね」

　いけない、いけない、知り合いなのかと早合点してしまった。

　男は不思議そうな顔で藍をじっと見た。

「あんたは優しい人だな。俺は竹蔵だ。これから仲間と京に向かうから、きっと旅の途中で幾度か顔を合わせることになりそうだ。機会があったら西ヶ原の話をもっと聞かせておくれよ」

「ええ、喜んで。私は千寿園の藍と申します」

　藍は竹蔵に向かって微笑みかけた。

「千寿園ってのは……」

「茶問屋です。西ヶ原に茶畑を、あ、それとつい最近は、神田明神に〝かくし茶〟って珍しいお茶のお店を出したんですよ。お江戸にお寄りの際はぜひお越しください」

「神田明神だって？　そりゃすごい！　とんでもねえ大店のお嬢さまだな！」

竹蔵が目を剝いた。

「いえいえ、そんなことはありません。あ、そろそろ失礼いたしますね」

旅先、それに寝不足のせいで、聞かれもしていない余計なことを言ってしまったと気付く。

見ず知らずの人に、まるで松次郎に褒めてもらおうとするかのように己が何者であるか説明するなんて。何ともみっともないことをしてしまった。

藍は竹蔵に挨拶をして、皆のところへ戻った。

「若者たち、たとえ食べる気が起きなくとも、必ず朝餉はすべて食べなくてはいけません。むしろ、食べる気が起きないような具合だからこそ、よりしっかり食べなくてはいけないのです。麦粒一粒たりとも残っているうちは、出発はできませんぞ」

長海に説かれて、皆、慌てて箸を進めている。

「お藍さん、もちろんあなたもですぞ」

「は、はいっ！　わかりました！」

藍も目を白黒させながら、大口を開けて麦飯を飲み込んだ。

4

権太坂を見上げた一行は、声にならないどよめきに包まれた。

「こりゃ、思ったよりもずっと、ずっと……」

源左衛門が決まり悪そうな顔で周囲を見回す。

山を切り開いた、驚くほど傾斜のきつい広い道だ。

馬の荷を下ろして、人が手分けして荷を背負い直す姿がそこかしこにあることからすると、この坂は見た目よりもさらに苦しい道のりに違いない。

この坂の道幅が広いのにはきちんと理由があるようだ。坂の上を目指す旅人たちは、まっすぐに上に進まずに杖を使って広い道を斜めに縫うように進むのだ。

歩く距離は何倍にも増えるが、こうすることで踵（かかと）の筋を傷めずに進めるのだろう。

「さあ、お藍さん、行きますぞ。もしかして、怖気づいておるのですかな？」

長海は呆気に取られた藍の顔を面白そうに眺めて、ひょいと歩を進めた。

「い、いいえ。そんなことはありません。さあ、参りましょう！」

藍は唇を引き締めて前をまっすぐに見た。

「よしっ！　行くぞ！」

それに合わせるように、男たちも歩き出した。

一歩ごとに杖を地面に刺すようにしながら、足元をじっと見て進む。

ほんの三歩も歩いたところで、わっと額に汗が滲（にじ）み始めた。

己の強い鼻息の音が耳の奥で響く。

あっという間に我慢できなくなって、口を開けて大きく息を吸って吐く。

これまで軽口を叩いていた男たちが静まり返り、ただ足音と荒い息の音だけが聞こえた。

道の左右には木々が鬱蒼（うっそう）と茂っている。おかげで道の右側半分の日陰では、お天（てん）道（と）さまの光が木の葉にほとんど遮られてひんやりと涼しいことだけが救いだ。

まずは道の右側。今度は左側を目指す。

早く右側の日陰のところに行きたい。

額を滴り落ちる汗を拭いながら、泣きたいくらいにそう思う。

「お藍さん、平気ですかな？　顔色があまりよろしくありませんぞ」

しばらく進んだところで、長海に声を掛けられた。

驚くべきことに、長海の息は少しも乱れていない。

「平気……です。ぜんぜん、少しも、何でもありません」

息も絶え絶えに応えたそのとき、ふいに目の前にわっと透き通った泡が広がった気がした。

「あれっ？　おかしいな？」

歩みを止めるとかえって疲れるとわかっていたが、思わず立ち止まり目元を押さえた。

と、視界が歪む。

――倒れる。

辛うじて、頭を打ってはたいへんだ、と考えるだけの余裕はあった。

藍は素早くその場にしゃがみ込んだ。地面に掌を突いたら、尖った小石がちくりと刺さった。

「お藍お嬢さん！　たいへんだ。水はあるか？」

源左衛門の慌てた声と、坂道を駆け下りてくる気配。

「す、すみません。皆さんのご迷惑に……」

どうにかこうにか声を絞り出すが、すっかり血の気が引いてしまって立つことができない。

「急場のことだ、失礼するよ」

あっと思った。

源左衛門が水に浸した手拭いで、藍の両頰を力いっぱい引っ叩いた。

「きゃっ！」

思わず飛び上がった。

ぼんやりしたところをふらふらと彷徨(さまよ)っていた心が、急にこの世に戻ってきたような気がした。

「源左衛門さん、ありがとうございます。命拾いをしました」

源左衛門の機転は、素晴らしく効き目のある気付けになったようだ。

「お藍お嬢さんを怖がらせちゃいけないと思って、黙っていたけれどね。この権太坂というのは、これまで幾人も行き倒れを出したとんでもない難所なんだよ。か弱い娘のお藍お嬢さんには、難しかったかもしれないね」

「えっ……」

行き倒れと聞いて、背筋が冷たくなった。

だがその直後に言われた、「か弱い娘のお藍お嬢さんには、難しかったかもしれないね」という言葉のほうが堪えた。

権太坂は大きな難所には違いない。だが心身を整えさえすれば、己よりも小柄な、おまけに八十を越えた老人の長海が上ることができる坂道だ。

きちんと眠りきちんと食べてさえいれば、藍だって長海と同じようにとは行かなくとも、皆の大きな足手まといになるような羽目にはならなかったはずだ。

「難しくなんてありません。私は平気です。さ、さ、早く行きましょう」

藍が意地になってしまったせいで、かえって源左衛門の顔が曇った。

「いや、お藍お嬢さんのことは、俺たちが交代で背負って行くさ。なあ、皆？」

男たちは神妙な顔で頷いた。

「この坂道を、私のことを背負って、ですって？　いいです。そんなたいへんなこと、しなくていいです。私、とっても重いのできっとご迷惑です」

必死で首を横に振った。

だがそんな藍を尻目に、男たちはもう荷を分け合う相談をしている。

「お藍さん、ここは遠慮なく皆の世話になるがよろしい。そのための一行じゃ」

長海が諭すように言った。

「でも、でも……」

子供のように背負われて進むなんて、たまらなく恥ずかしかった。

きちんと眠ることができずにふらふらになってしまった己が情けなくて、涙が出そうになる。

「その身体では無理じゃ。気持ちよく心から感謝して、皆に助けてもらいなさい」

長海が少し厳しい顔をした。

藍ははっとする。確かに長海の言うとおりだ。

ああ申し訳ない、嫌だ嫌だ、なんてぶつぶつ文句を言いながら助けてもらうのは、せっかく親切にしてくれる相手に失礼だ。

「……すみません。皆さん、ありがとうございます。どうぞよろしくお願いいたします」

藍は皆に向かって深々と頭を下げた。

頬を涙が一筋ぽろりと落ちそうになったのを、慌てて大きく首を横に振って誤魔化した。

5

「よしっ！　境木地蔵（さかいぎじぞう）が見えてきたぞ！　あと少しだ！」

いちばん前を進む源左衛門が、藍を背負った仲間に必死の声を掛けた。

「お、おうっ！　あと少しだな！　あと少し、あと少し……」

背中の藍のところにまで、奥歯を噛み締めるぎりぎりという音が聞こえてくるようだ。

「お藍お嬢さん、しっかり捕まっていておくれよ」

た。

「はいっ！」

藍は少しでも己の身体の重みが楽になるようにと、男の首にしっかりしがみ付いた。

「ようし、行くぞ。あと少し、あと少しだあああ！」

男が馬のように汗を飛ばす。

藍は振り落とされないように、男の着物をいっそう強く握った。

肌に触れるのが恥ずかしい、なんておしとやかなことは言っていられない。お互い、とにかく無事に坂を上りきることだけに必死だ。

坂を上り切ったところにある境木地蔵尊の前に辿り着いたそのとき、藍を背負っていた男が力尽きたかのようにぱたりと倒れた。

「きゃっ！　大丈夫ですか？　すみません、ごめんなさい！　やだ、どうしましょう」

「お、おう、お藍お嬢さんが無事で何よりさ」

汗まみれで腰が抜けたようになりながらもどうにかこうにか恰好をつけた男に、皆が「よくやった！」と笑いながら手を打ち鳴らした。

しばらくそこで休んでから、皆で立場の茶屋で昼飯代わりに名物の牡丹餅や焼餅を頬張り、うんと苦い茶を飲んだ。

「この境木は、武蔵国と相模国の境にある。この坂を下ればもうそこは相模国じゃ」

長海が目下に広がる海と、遠くにおぼろげに見える富士山に目を向けた。

「ずいぶん遠くまで参りましたね」

藍は絶景に目を細めて、濃いお茶を啜った。

美しい光景にうっとりと浸っているはずなのに、どこか胸に引っ掛かるものがある。

権太坂を己の足で上れなかったこと、こんなに楽しいのに己の身体をしっかりと保てなかったことが悔しくてたまらないのだ。

「皆さまのおかげで、少し身体が楽になりました。下りは己の足で歩けます」

「そのようで、ほっとしましたぞ。下りは元から、皆に私の手を引いてもらう約束になっていますからのう」

長海が顎鬚を撫でた。

「あの坂道を上れるほどの健脚の長海和尚さんが、どうしてですか？」

驚いて訊いた。

「年寄りが転ぶのは、上りよりも下りのときじゃ。私は己が何に強くて何に弱いかがわかっているおかげで、どうにかここまで生き延びたようなものですからのう。決して無理はしますまい」

「そうだったんですね」

藍はなるほど、と頷いた。

常に身体の調子を整えることに気を配りつつ、齢からくる衰えや体力に応じて己のできること、できないことを見極める。

長海の、どこまでも壮健な長寿の理由が少しわかったような気がした。

これは長寿の参考になるだけではない。私のような若者にとっても、とても大事なことだ。

「長海和尚、お任せくださいな。下りは用心集に書いてあったことを参考に、二人ずつ組になって腰に紐を付けて、片方は歩を進めること、もう片方は踏ん張ることを気にして進みますからね。長海和尚とお藍さんは、それぞれ左右に私たちがついて三人組で行きましょう」

源左衛門が胸を張った。

「すべてお任せします。皆さま、どうぞよろしくお願いします」

「任せときな！」

いつの間にか宿酔いの様子がすっかり抜け去っている源左衛門たちの頼もしさに、胸が詰まった。

まだ旅が始まったばかりだが、この一行は、文字どおり一蓮托生の藍が心から信頼できる仲間となった。

同じ土地の仲間と連れ立って向かう伊勢講というのは、こんなふうにそれぞれの家の絆を深める役目もあるのかもしれない。

「今日泊まる小田原宿（おだわらじゅく）までは、しばらく上り下りの難所が続きます。気を引き締めていきましょう」

「はいっ！」

藍は源左衛門ににっこりと微笑みかけて、笠越しに晴れた空を見上げた。

6

「ふうっ、やれやれ、何とか日のあるうちにここまで辿り着きましたな」

長海が旅の無事を仏に感謝するように、手を合わせた。

小田原宿に辿り着いてみると、源左衛門たちの顔は前にも増して日に灼けて真っ黒になっていた。

藍も両頬が火照(ほて)ってひりひりする。着物の袖を捲(まく)ってみたら、手首より先が手甲の形がくっきりわかるくらい日灼けしていた。

旅籠に着いてすぐに湯を持ってきてもらい、手拭いで汗と埃に塗(まみ)れた身体を丹念に拭いた。

沐浴を終えてようやくさっぱりしたところで、窓辺にもたれて小田原の街並みを眺めた。

まだ旅に出て二日目だというのに、宿場町の光景が既に馴染み深く思えた。

旅籠が並び旅人が行き交う華やいだ街並みの空に、熟した柿の実のような色をした夕暮れが広がる。

――今日もほんとうにいろんなことがあったわ。

あれから権太坂の下りである焼餅坂を進み、今度は品濃坂を上った。品濃坂は権太坂ほどの急勾配ではなかったが、その分だらだらと長くていつまでも終わらなかった。

だが境木の茶屋で牡丹餅と焼餅をお腹いっぱい食べたおかげか、権太坂の道行きのように眩暈がして倒れてしまうような羽目にはならなかったのが、何よりだった。

――みんな無事でよかった。

先ほどの長海に倣って胸の前で手を合わせた。

――おとっつぁん、おっかさん、ありがとう。私はいい人たちに囲まれて、安心な旅ができているわ。

ほっとしたら急に疲れを感じた。

節々がすべて重くて、身じろぎするにも大きなため息が出てしまいそうな疲れだ。

そういえば、朝の眠気は昼過ぎくらいから急に少しも感じなくなっていた。あの押し込まれていた眠気が、今になって戻ってきたのだろう。

藍は大きなあくびをした。

部屋の隅の衝立の向こうで長海が湯を使っている音を遠くに聞きながら、目を閉じた。

「お藍さん、お藍さんや」

長海に揺り起こされたときには、部屋が暗くなっていた。

「やだっ！　たいへん！　私、どのくらい眠ってしまっていましたか？」

慌てて跳ね起きて頬を押さえた。

いつの間に寝ころんでいたのか、頬に畳の跡がくっきりついていた。

「一刻もたっぷり眠って、ようやく起きていただけましたな。私たちは先に夕餉を済ませてしまいましたぞ。何せ皆が代わる代わるどれだけ声を掛けても、決して起きませんでしたからのう」

長海が子供をあやすように目を細めた。

「皆さんで代わる代わる起こしてくださったんですか？」

長海はまだしも、源左衛門たちにぐっすり寝入っているところを見られてしまったかと思うと、頬が熱くなる。

大いびきをかいていたり、目が半開きになっていたり、よだれを垂らしていたりなんてしたらどうしよう。

「『あんまり長く昼寝をすると、夜に眠れなくなるぞ』なんてしきりに声を掛けた源左衛門殿には『静かにしてください！』なんてずいぶん怖い声で応じておりましたぞ」

「『静かにしてください！』ですって⁉」

悲鳴を上げた。

まったく記憶にない。だからこそ血の気が引く。

旅の恩人である源左衛門に、なんて失礼なことを言ってしまったのだろう。

「すぐにお詫びをしなくちゃ。源左衛門さんたち、まだ起きていらっしゃるかしら？」

「源左衛門殿ならつい先ほど、下で女将と話をしておりましたぞ。今宵は、さすがに夜遊びは控えるそうですからな」

「行ってきます！」

藍は髪の乱れを直しながら、部屋を飛び出した。

階下へ降りると夕餉が終わった広間に、微かに煮物の匂いが残っていた。

ぐうっとお腹が鳴る。

ぐっすり眠っていたせいで、夕餉を食べ損ねてしまったのだ。

「お藍お嬢さん！　ちょうどこれを片付けたら、お部屋に行こうと思っていたよ」

源左衛門が部屋の隅で手を上げた。

月明かりに文机を向けて何かを書いているようだ。

「源左衛門さん！　長海和尚さんから聞きました。あの、先ほどはたいへんな失礼をいたしました。ほんとうに申し訳ありませんでした。何とお詫びを申し上げていいかわかりません」

藍が幾度も頭を下げると、源左衛門が可笑しそうに笑った。

「いいってことよ。気持ちよく眠っているときに起こされるってのは、むかっ腹が立つもんさ。『静かにしてください！　しないとこうですよ！』なんて寝ぼけた声で拳を振り上げられたときには、皆で腹を抱えて笑わせてもらったよ」

「ええっ！」

長海から聞いたよりももっと酷い。

「す、すみません」

申し訳なさすぎて言葉が見つからない。

「目を覚ましたら、すぐに腹が減るんじゃないかと思ってね。女将に握り飯を作ってもらったのさ。ほら、これだよ」

源左衛門が大きな握り飯が二つ載った皿を差し出した。

藍のお腹が、今度はとんでもない大きな音でぐうっと鳴る。

源左衛門がぷっと噴き出した。

「うちの娘っ子とそっくりおんなじだ。さ、早く喰いな」

「……ありがとうございます」

藍は心から礼を言って握り飯を頬張った。

甘い米の味が広がって、うっとりするほど美味しい。

「皆、さすがに疲れたみたいだな。よく眠れているに違いないな」

源左衛門が静まり返った二階に目を向ける。

「源左衛門さんは、ここで何をなさっていたんですか？」

「妻と五つの娘に文を書いていたんだ」

源左衛門の横顔に穏やかな笑みが浮かぶ。

旅の最中に仲間と燥(はしゃ)いでいるときよりもぐんと落ち着いた、畑野家の戸主、父親の顔だ。

「寂しがり屋の二人でね。お伊勢参りを許してもらうかわりに、たくさんたくさん文を書くと約束させられたのさ」

源左衛門が文に目を落とす。小さい子でも読めるようにと考えてか、文の最初だけ平仮名で大きな字で書いてあるのが微笑(ほほえ)ましい。

「お文ですか。素敵ですね」

「もしもお藍さんも里に文を書きたければ、私の文と一緒に西ヶ原に届けさせるよ」

「よろしいんですか?」

ひどく気を揉んでいる伯父夫婦の顔が浮かんだ。

「ああ、もちろんさ。紙ならたくさん持ってきた。そこにあるものを好きに使っておくれ」

源左衛門の好意に甘えて、すべてうまく進んでいると知らせる簡単な文を書いた。

文を畳み終わったところで、ふと思う。

「源左衛門さん、すみません。もう一通だけ書かせていただいてもいいですか？」

「いくらでも構わないよ。私は宛先を勝手に見たりなんてしないからね」

源左衛門は藍の遠慮がちな様子に恋文と勘違いしたようだ。含み笑いで頷いた。

「ありがとうございます」

宛先を見ないと言ってもらえても、ぐっすり庵に宛てて文を書くわけにはいかない。

藍は考えた末、一心宛てに文を書くことにした。

《万屋一心さまへ　というのは嘘です。一心さん、この文を眠り猫に届けてくださいな》

松次郎はお尋ね者の身だ。

万が一にも、誰かに中を見られてはいけない。

ぐっすり庵や松次郎の名は、敢えてどこにも書かなかった。

《眠り猫とその飼い主さん。あのね、私、眠れなくなっちゃったの。旅で疲れ切っているはずなのに、夜になると眠れないの。次の日の朝は眠くてたまらなくてぐったりしていて、でも昼過ぎから眠気が消えて妙に力が張って、それで夕方にたくさん昼寝をしてしまったせいで、きっと今宵も眠れないわ。ああ、どうしよう。どうしたらいいか、教えてちょうだいな》

不安な心を綴ったら、思った以上に情けない文面になってしまった。

お藍は相変わらずの甘ったれだな、と渋い顔をする松次郎の姿が浮かぶ。

「源左衛門さん、ありがとうございます。どうぞよろしくお願いいたします」

藍は文を畳んで源左衛門に差し出した。

松次郎に存分に泣きついたことで、少し気が晴れた。

「よしきた。飛脚に金子を弾めば、ここから二、三日で西ヶ原に届くぞ。お藍お嬢さんと私の大事な文、目いっぱい急いで届けてもらおう！」

源左衛門は藍に目くばせをして、にやりと笑った。

7

その夜も藍はうまく眠れなかった。

身体は疲れ切り、眠くてたまらずに幾度もあくびが出るのに、頭だけは妙に冴えてしまって今日一日の出来事がぐるぐると巡る。

朝まで幾度も寝返りを打って、そわそわした心のまま、明け方の白い光を感じて頭を抱えたい気分になった。

旅の三日目の今日は、一日で小田原から箱根（はこね）まで辿り着かなくてはいけない。

箱根山には、権太坂よりもさらに勾配の急な坂道があると聞いた。

寝不足で目がしょぼしょぼしているこんな調子では、到底切り抜けることができるとは思えない。

また今日も皆に迷惑を掛けてしまったらどうしよう、と泣き出しそうな心持ちで明るくなった部屋の天井を見つめていたら、藍は己でも気付かぬうちに浅い眠りに落ちたようだった。

はっと目が覚めると、部屋に差し込む陽の光がずいぶん高い。

「えっ？」

寝過ごしてしまったのだ。

血の気が引く心持ちで跳ねるように身体を起こした。

隣から聞こえる微かな鼾の音に、はっとした。

長海が額に湿布をして眠っていた。

長海を起こさないように静かに身支度をして、階下に降りた。

「お、おはようございます。という挨拶でよい頃なのか、わからないのですが……」

陽の調子からすると、どうやら昼四つ頃のようだ。

「おう、お藍お嬢さん、おはよう。たっぷり寝坊してよく眠れたみたいで何よりだ」

広間では、源左衛門と仲間たちが碁を打って遊んでいた。

「あの、長海和尚さんはどうされたんでしょうか？　どこか身体のお具合が悪いのでしょうか？」

湿布を額に載せてぐっすり眠る長海の姿が胸に浮かぶ。

「どうやら風邪を引いてしまったようなんだ。幸い熱はなく、頭痛と怠さだけだというが、箱根を越えることはできそうもないと仰ったので、ならば我々も和尚が回復するまでお待ちしようということになったのさ」

「そうでしたか。決して無理をなさらないという長海和尚さんのことですから、大事を取ってのことだと信じたいですね」

源左衛門たちは揃って心配そうな顔をして頷いた。

もちろん長海の身体を慮っているに違いない。だがその顔は、思いがけず小田原宿でゆっくり過ごすことができたこともまた楽しもうと考えているのがわかる。

「この勝負が終わったら、せっかくだから北條稲荷にお参りしてこようと話しているんだ。お藍お嬢さんも一緒に行くかい？」

源左衛門が碁盤を振り返る。

「いいえ、ありがとうございます。私も少し疲れたので宿で休みます。長海和尚さんが目を覚まされましたら、お世話をしたいと思いますので」

「そうか、それじゃあ土産にお守りを買ってくるよ。北條稲荷には蛙石を象ったお守りがあって、持ち主を危険から守ってくれるご利益があるって話さ」

「わあ、そんなお守りがあるんですね。嬉しいです」

藍は源左衛門に礼を言った。

「和尚のおかげでゆっくり小田原見物ができるのだから怪我の功名だな。それに実のところ私たちの中にも、足が痛かったり昨日の宿酔いが抜けなかったりと、ちょっとした具合の悪さを訴えている者もいたからね。今日は皆でしっかり休めということだろう。仏の思し召しさ」

源左衛門が藍に目くばせをしてにやりと笑った。

「長海和尚さん、早く良くなるといいですね」

「そうだな。あともう一日くらい休んで、明後日の朝には何事もなかったようにけろっと良くなってもらえるのがいちばん嬉しいね」

「まあ」

藍はくすっと笑った。

きっと今宵は、男連中で呑みに繰り出すつもりなのだろう。

「いってらっしゃい、お気をつけて」

北條稲荷に向かう皆を見送ってから、旅籠の広間の縁側でしばらくぼんやりと風に当たった。

「にゃあ」

見知らぬ三毛猫が草むらからひょこりと顔を出すと、縁側に飛び乗った。

「あら、猫さん、こんにちは」

三毛猫は流し目で胡散臭そうに藍を見ると、ぷいと顔を背ける。

「ごめんなさい、お邪魔していますね」

藍が肩を竦めると、ふんっ、とでもいうように冷めた声で「にゃ」と一声だけ鳴いた。どうやら頭を撫でたり毛並みに触れたりはさせてもらえなそうだ。

藍はにっこり笑ってため息をついた。

こうして縁側に座っていると、覚えずしてぐっすり庵を思い出す。

松次郎、福郎、そしてねう。

――みんな、達者でいるかしら。

まだ旅を始めて三日目だというのに、ぐっすり庵の日々が遠い昔のように思えた。

「お藍さん？」

ふいに背後から声を掛けられた。

「まあ、竹蔵さんでしたか。竹蔵さん、小田原でも同じ旅籠に泊まられていたんですね」

保土ヶ谷宿で声を掛けられた竹蔵だ。

「俺も今気づいたよ。こんな偶然ってあるもんだね」

竹蔵は人懐こい笑みを浮かべた。

「横に座っていいかい？」

「ええ、もちろんです」

竹蔵が藍に並んで縁側に腰かけた。

と、先ほどまで我が物顔で縁側にいた三毛猫が、素早く庭に飛び降りて一目散に草むらの奥に消えた。

「今日は、お仲間たちはどこへ行ったんだい？」

「実は、連れのお方が寝込んでしまったんです」

藍が事情を説明すると、竹蔵は「それは心配だね」と眉を顰めた。

「ご老体のことも心配には違いないが。万が一にも、一行の旅がここで長い間足止めになっちまったら、お伊勢参りどころじゃなくなるね」

竹蔵の深刻な調子に、藍の胸にぽつんと一粒の雨だれが落ちたような気がした。

源左衛門たちは、今のところは不意のこの出来事を楽しんでくれている。

だがもしも長海の調子がしばらく戻らなければ、場合によっては源左衛門たちには先に行ってもらい、藍は長海と一緒に西ヶ原に戻るということにもなるのかもしれない。

「安心しな。もしお仲間が先に行っちまっても、俺たちがきちんとあんたたち二人を京まで送り届けてやるよ」

竹蔵が胸を張った。

「え？　まさかそんなこと、お願いできません」

長海が回復するまで何日かかるかもわからない、という話をしているところなのだ。

「俺たちは宿場を回る仕事をしているんだ。旅の途中であんたみたいに困っている人がいたら、助けるって決めているのさ」

ずいぶん親切なことを言う。

有難くて涙が出そうな気分だったが、同時に申し訳なくて身が細りそうだ。

「ありがとうございます。それではもしものときは、お願いをするかもしれません」

「ああ、俺は夜に広間にいることが多いからな。いつでも言っておくれ。けどな、あんたの一行の長、源左衛門っていったな？　あの人には今の約束のことは内緒にしておいてくんな。俺からきちんと話すよ」

「どうしてですか？」

藍は首を傾げた。

「宿場には胡散臭い奴がたくさんいるからね。きちんと筋を通してしっかり説明しなかったら、源左衛門もやりすぎなくらい警戒しちまうだろうからね。俺の口から改めてちゃんと話をするから、それまではあんたからは何も言わないでくれたほうがうまくいく」

「はあ、わかりました」

わかるようなわからないような気分だ。けれどこれほど旅慣れた様子の男がそう言うならそうなのだろう。

8

長海が立ち上がることができるようになるまで、それから三日もかかった。

最初の日はすぐに治るだろうと気楽に構えていた藍だったが、二日目も丸一日昏々と眠り続けていた長海に、少しずつ不安が募った。

そろそろ医者を呼ばなくてはいけないだろうかと案じ始めたところで、夕餉の席に急に長海の姿を目にしたときは、安堵のあまりへなへなと身体中の力が抜けそうになった。

「ようやく回復しましたぞ。久しぶりの飯は、旨い、旨い」

長海は何事もなかったような顔で、旺盛な食欲を見せる。

「一時はどうなることかと思いました。長海和尚さんのお具合が良くなって、嬉しい限りです」

「皆に足止めを喰らわせてしまい、申し訳ありませんのう」

長海は相変わらずの豊かな顔でにこにこと笑う。

「なあに、ご老人とお嬢さんが一緒の道のりなのですから、このくらい織り込み済みですよ。むしろ、小田原宿を隅から隅まで見て回ることができて、良い経験になりました」

源左衛門は頼もし気に胸を張る。

「そうそう、お藍お嬢さんに蛙石のお守りを渡すのを忘れていたよ。持ち主を守り、旅から無事かえる、なんて意味もある、旅人に人気の有難いお守りだよ」

源左衛門が懐から桃色の小さな巾着袋を取り出して藍に渡した。

「ありがとうございます。大事にしますね」

藍はお守り袋を大切にしまった。

「このお守りがあれば、これから先、もしも源左衛門さんたちと別れて旅を行くことになっても安心ですね」

「へっ？　我々と別れていく、だって？」

源左衛門が首を傾げた。

「我々は、道中何があっても四日市宿（よっかいちじゅく）まではお二人とご一緒するよ。そこからはあらかじめ約束をしている案内人が付き添ってくれることになっている。万が一お二人が途中でお江戸に戻るというなら、我々も一緒に戻る。それが蔵之助殿との約束だからね」

「あら、そうでしたか」

竹蔵との会話を思い出し、どこか居心地悪い気分になる。

「そんな決まりになっていたなんて、伯父さんにも源左衛門さんにもとても有難い気持ちです。ありがとうございます」

慌てて礼を言う。

そんな藍のことを、源左衛門は怪訝そうな顔でじっと見た。

「お藍お嬢さん、誰か妙な奴が近づいてきたりしていないかい?」

妙な奴、と聞いて息が浅くなった。

竹蔵が言ったとおりだ。源左衛門はやりすぎなくらい警戒をしている。

もしも今ここで竹蔵のことを話したら、間違いなく大騒ぎになるだろう。せっかく好意で藍のことを助けようとしてくれた竹蔵に、迷惑を掛けるわけにはいかない。

「いいえ。誰とも話していません」

藍は目を白黒させて首を横に振った。

「ならばいいが。けれどお藍お嬢さん、旅の間は、決して馴れ馴れしく話しかけてくる奴を相手にしちゃいけないよ。宿場町には、胡散臭い奴がいくらでもいるからね」

「胡散臭い奴、ですか……。は、はい。わかりました」

何から何まで竹蔵が言ったとおりだ。

「それじゃあ、私はそろそろ寝るとしましょう。明日こそ、箱根の山越えですぞ」

箸を置いた長海が、寝込む前よりも若返ったかのように艶やかな顔をして言った。

長海が寝入ったのを確かめて、藍は足音を忍ばせて階下へ向かった。

今宵の広間は真っ暗だ。

源左衛門たちも明日に備えて早く寝床に入ったようだ。

行燈が灯っていないので誰もいないとばかり思っていたが、月明かりに照らされた縁側に竹蔵が座っているのが見えた。

ぼんやり物思いに耽(ふけ)っているというよりは、あれこれ頭を巡らせている様子だ。

「まさか、いや、違うぞ、畜生め……」

どこか不穏な調子でぶつぶつと呟きながら、額をぴしゃりと叩く。

「竹蔵さんですか？」

囁くような小声を出すと同時に、竹蔵が弾かれたように素早く振り返った。

「なんだ、あんたか」

急に優しい声に変わる。

「難しい考え事をされていたところ、ごめんなさい」

藍はぺこりと頭を下げた。

「聞いていたのか？」

竹蔵の低い声に驚いて、目を丸くした。

「い、いいえ。真剣な調子で、『まさか、違うぞ』と呟いていらしたのが聞こえただけです」

畜生め、と続いたことはさすがに口に出せなかった。

「ああ、そうかい。ちょっと仕事で揉め事があって悩んでいたものでね。よく来てくれたね」

竹蔵の顔つきが柔和になったので、藍も微笑んだ。

「竹蔵さん、私たちは明日、出発いたします」

「つまり、ご老人の具合は良くなったってことだね。よかった、よかった」

「お世話になりました。ですが、実は竹蔵さんが案じていたとおり、源左衛門さんは少し警戒をされているようでして。私に旅の間は、誰とも話してはいけないと言うんです。ですから、これから先の宿で竹蔵さんにお会いしても今のようにお話しをすることはできなそうです。せっかく親切にしていただいたのに、申し訳ないのですが……」

「へえ。道行きの算段がついたから、俺は用無しってことかい」

竹蔵が低い声で言った。

藍の息がぴたりと止まった。

竹蔵の気分を害してしまったに違いない。

「し、失礼なことをごめんなさい。やっぱり私、源左衛門さんに、竹蔵さんに親切な申し出をいただいたことを話します……」

急に己の無礼が恥ずかしくなる。

「あんた、何を言ってるんだ？」

竹蔵の声が豹変した。

「甘ったれにもほどがあるな。さすが、人に頼らなくちゃ何もできない千寿園のお嬢さまだ」

「え？　竹蔵さん？」

竹蔵が藍の手首を摑んだ。

「まだ俺のことを誰にも話していないな？」

「は、はい。誰にも言っていません」

答えてすぐに本当のことを言ってはいけなかったのだと気付く。だが後の祭りだ。

「よし、いい子だ。じゃあこっちへ来い」

力任せに手首をぐいっと引かれた。

声を上げようとしたそのときに、掌で鼻と口を同時にぴたりと塞がれた。

息ができない。必死で両手足を振り回して竹蔵を振り払おうとするが、あっという間に目の前が霞んで、身体に力が入らなくなってくる。

——助けて！

叫ぼうとするが、声にならない。

額から汗が滴り落ちて目の中に入る。目の前が暗くなる。

そのとき、庭の草むらの奥から「ぎゃあああお！」と凄まじい鳴き声が聞こえた。

猫の鳴き声だ。

「なんだ、なんだ？　いったい何事だ？」

二階で男たちの声が聞こえる。障子が開く音。

「ぐにゃあああ！」

「猫の喧嘩か？　いや、ちょっと待て、草むらに人影が……」

「何だって？　賊じゃないのか？」

階段を駆け下りる音。

竹蔵が大きな舌打ちをした。直後に藍を力いっぱい突き飛ばす。

「きゃっ！」

畳に倒れ込んだ藍は、肩で息をしながら必死に身体を立て直した。

「お藍お嬢さん⁉」

抱き起こしてくれたのは源左衛門だ。

「ごめんなさい、源左衛門さん、私……」

藍は泣きじゃくりながら言った。

「逃げたぞ！　まだ仲間がいるぞ！　追え！」

草むらで怒声が飛び交う。

助かった。命拾いをしたのだ。

「ごめんなさい、親切な人だと思ったんです。竹蔵さんは胡散臭い人なんかじゃないって思ったんです……」

「お藍お嬢さんが無事なら、何よりだよ」

源左衛門は大きな安堵のため息をついた。

9

旅籠の主人によれば、竹蔵たち一味は、宿場から宿場へ渡り歩いては旅慣れない人から金を騙し取ったり盗みをしたりするという奴らに違いない、とのことだった。

おまけに竹蔵はこの旅籠の泊まり客ではなかった。

夜中にぶつぶつ不穏なことを呟きながら縁側に座っていた竹蔵の姿を思うと、あのとき猫の鳴き声がしなければいったい私はどうなっていたのだろうと、藍は肝が冷える心地がした。

「あの三毛猫さんは、私の命の恩人です。どうぞ私から、鯛の尾頭付きを差し上げてくださいな」

藍は女将に幾度も頭を下げた。

「あの子は旅籠の猫なのに人嫌いでしてね。きっと賊どもに己の縄張りを荒らされたと思って頭にきたのでしょう。あまりにも愛想なしなので手を焼いていましたが、こんなときに役に立ってくれるとは思いませんでしたよ」

真夜中近くの刻。心からの礼を言って二階へ上がろうとする藍を、主人が「そうそう」と呼び止めた。

「暗くなってから、飛脚がこれを届けに来ましたよ。旅人に文を届けるときには旅籠を一軒ずつ回るので、少し手間がかかってしまったなんて言っていましたけれどね。こちらから文を送ってまだ四日目ですから、ずいぶん急ぎのお返事ですね」

「あら、源左衛門さんの分のお返事も一緒ですか？」

「いいえ、お嬢さん宛てのものだけです。どうやら差し出し人の一心という人は、ずいぶん飛脚に礼を弾んだようですね」

　女将が差し出した文を受け取るとずいぶん軽い。

「わかりました。ありがとうございます」

　部屋に戻ると、目を覚ましていた長海が行燈の明かりで『万屋一心一代記』を読んでいた。

「長海和尚さんのことを起こしてしまいましたね。病み上がりなのに、騒々しくしてしまいごめんなさい」

　すべて階下の騒動は聞こえていたに違いない。

　藍は肩を落として長海の前に座った。

「お藍さんが無事で何よりじゃ」

　長海が本を閉じた。

「……ごめんなさい。私が浅はかでした。あんな人を信じてしまうなんて。源左衛門さんはちゃんと忠言をしてくださっていたのに」

「人を信じるのは、決して悪いことではありませんぞ」

長海が小さく首を横に振った。

「だが人の言うことを信じるのは、愚かなことじゃ」

「その二つは、どう違うのでしょう？　私にはそれがわかっていなかったのだと思います」

藍は泣き出しそうな心持ちで訊いた。

「お藍さんは、その輩の人となりを信じていたわけではあるまい。奴が申し出た、己にとって何とも都合の良い親切に気を許してしまったんじゃ」

長海には階下の話がすべて聞こえていたのだろう。

「ええ、長海和尚さんが仰るとおりです。落ち着いて考えれば、一切の下心もなくそんな親切をしてくれる人がいるはずがないとわかるのに」

「でもこの世のどこかには、父上や母上のように己のためになら何でもしてくれるような優しい人がいるはずだ、そんなふうに思ってしまったんじゃろう？」

長海が目を細めて悪戯っぽく笑った。

藍は息を止めた。

――おとっつぁん、おっかさん。

二人の顔を思い浮かべたら、急に泣きそうになった。

私は、竹蔵の都合の良すぎる申し出に、両親が己に注いでくれた底抜けの優しさを思い出してしまったというのだろうか。

まるで幼子のような甘ったれの己に、たまらなく腹が立った。

「その心細さこそが旅というものですぞ。旅とは、まるで幼子に戻ったような心細さと闘いながら、一歩ずつ己の足で先を進むものです」

長海の言葉が胸に染みる。

藍は目頭に浮かんだ涙を袖で押さえた。

「わかりました。私、誰かに無闇矢鱈に頼りたくなってしまう、私のこの甘え心を自覚して、一歩ずつ己の足で進めるように頑張ります」

藍は長海をまっすぐに見た。

「おお、良い顔じゃ」

長海が満足げに頷いた。

「では明日に備えて、そろそろ寝るとしましょうかな」

行燈の灯を吹き消そうとした長海に、藍は「あ、ちょっとだけお待ちくださいな」と懐から薄っぺらい文を取り出した。

「松次郎先生からですな？　私が寝込んでいる間にもう文が戻ってくるとは、ずいぶんと早いお返事ですのう」

「実は、私、この旅が始まってからうまく眠れていなかったんです。それを兄に相談したんです」

藍は文を広げながら言った。

この寝不足でうまく頭が回らない日々のせいで、私は竹蔵のような怪しい男と関わってしまったのかもしれない。

――兄さん、あっという間のお返事、ほんとうにありがとう。助かるわ。

「えっ？」

広げた文に目を落として、藍は素っ頓狂な声を上げた。

《目だけ閉じておけ》

文が薄いのは気になっていた。

だが、藍が眠れない苦しみを切々と訴えた長い文の返事が、たったこれだけなんて。

横から覗き込んだ長海がぷっと噴き出した。

「さすが松次郎先生じゃ」

「そ、そんな。私、ほんとうに困っているんですよ……」

藍は眉を八の字に下げた。

「覚えずして笑ってしまい、失礼いたしました。けれど、松次郎先生の言うとおりなのかもしれませんぞ。私も学ばせていただいた気分です」

「この、《目だけ閉じておけ》って心底適当なお返事が、ですか？」

「眠れないときは《目だけ閉じておけ》というのは、遠い昔に母に言われた言葉そのままじゃ。きっとお藍さんも、一度は言われたことがありますでしょう？」

「えっ……」

藍は目を巡らせた。

――おや？　お藍、まさかまだ寝ていないのかい？　もう真夜中になるよ。

おっかさんの窘めるような声が、耳の奥で響く。

――だって、眠れないのよ。明日はお祭りだから。楽しみで、楽しみで眠れないの。

眠れない夜の天井の梁(はり)は、真っ暗闇なのにくっきり浮かび上がって見えた。

——それはいけないよ。明日が楽しみならば、もっと眠らなくちゃいけない。どうしても眠れないと思ったら……。

「確かにそうです。これはおっかさんの言葉です」

——目だけ閉じておくんだよ。

おっかさんにこう言われて、渋々目を閉じたことを思い出す。

我慢できなくなって薄目を開けると、待ち構えていたおっかさんに「こらっ」と叱られて、慌てて目を閉じた。

そんなことを繰り返しているうちに、いつの間にか深い眠りが訪れ朝になっていた。

「お藍さんは身体の具合が悪いわけでもなければ、気がかりな悩み事があるわけでもない。ただ、祭の前の日の幼子と同じで、旅によって気が高ぶっているだけだ。ならば、この松次郎先生の言葉はきっと……」

長海は大きく頷くと、行燈の灯をふっと吹き消した。

10

雀の鳴く声に、はっと目が覚めた。

「長海和尚さん、おはようございます！」

身体を起こすと旅装束に着替えた長海が、荷物を纏めながら振り返った。

「お藍さん、おはよう。昨晩はよく眠れたかい？」

「えっと、おそらく、たぶん……」

竹蔵の出来事で気が高ぶっていたせいか、昨晩も横になってすぐにことんと寝入ることはできなかった。

危ない目に遭った恐ろしさと、己の不甲斐なさが胸の中を渦巻き、あれこれ気弱になりそうなことばかり考えてしまったようだ。

藍は周囲を見回しながら、大きく息を吸った。

朝の清々しい風が胸いっぱいに広がる。

「きっと、眠れていたのだと思います。身体の調子はとても良いです」

「そうか、それはよかった」

長海が嬉しそうに頷いた。

「松次郎先生の忠言が効いた、ということだね？」

「え、ええ。たぶんそうだと思います。ですが正直なところ、退屈を堪えて無理をして、ずっと目を閉じているというのはなかなか大変でした。目を開けてきょろきょろ周囲を見回したいなあ、なんて気持ちとずっと闘っていたので、いったいいつ眠ることができたのかよくわかりません」

言いながら、なんだか可笑しくなってきた。

明日のためにしっかり眠ることに必死になっている己の姿は、まさに幼い子供のようだ。

物心はついたものの、まだこの世で生きるコツをきちんとわかっていなかった子供の頃、食べることにも眠ることにも、こうして必死になっていたのを思い出す。

「長海和尚さん、旅ってとても面白いですね。日々新しい己に出会うことができて、少しずつ成長することができている気がします」

藍は己の頰を両手でぽんと叩いた。

「お藍さんの心根の太さは、さすがじゃな」

長海が目を丸くした。

——兄さん、私、毎日新しいものを目にして、新しいことを知って、まるで子供に戻ったみたいよ。これからもっともっと経験を積んで、立派な商売人になって戻ってくるわ。

藍は障子の向こうの晴れ渡った空を見上げ、胸の内で呟いた。

ずっと前に長崎へ旅立った松次郎も、きっとこうして小田原の空を見上げたのだろう。そう思うと心強かった。

「にゃあ」

「ええっ？」

すぐ近くで聞こえた猫の声に飛び上がるほど驚いた。

切れ長の目をした三毛猫が、すぐ横で藍のことをじっと見つめていた。

「ああ、その猫は、お藍さんの枕元で眠っておりましたぞ。どこから入ったのかねえ。一晩中そこにいたようですな」

驚いて枕元を触るとほかほかと温かい。

ずっと目を閉じていたので、少しも気づかなかった。

「あなたが眠れるようにしてくれたんですか？」

藍が丁寧に話しかけたが、三毛猫はどこかつんとした様子で素知らぬ顔だ。長い尾っぽだけが優雅に左右に揺れている。

昨夜、危ないところを助けてくれたのもきっとこの三毛猫だ。

「そうだ、これをお礼にどうぞ」

藍は、ねう人形の中に押し込まれていた、松次郎が草で編んだ猫じゃらしのおもちゃを差し出した。

三毛猫が「やや っ！」と喜びの声を上げた。

藍の手から猫じゃらしを勢いよく奪うと、開いた窓からひょいと屋根に飛び移る。

「ご親切に、本当にありがとうございました」

藍は去って行く三毛猫の背が見えなくなるまで見送った。

「それじゃあ、朝餉に向かうとしましょう。箱根の山は手強いですぞ。お藍さん、覚悟して進みなさい」

「はいっ！　しっかり食べて、全力で頑張って……」

藍は小さく肩を竦めた。

「困ったときは無理をせず、すぐに皆さんに相談します」

「そのとおりじゃ。きっとお藍さんは長生きしますぞ。この爺のようにな」

長海の呑気な笑い声が響き渡った。

その弐

旅先でも、ぐっすり眠ろう！

旅行や出張の最中、身体はくたくたに疲れ切っているのに、どうしてもうまく眠れなくなってしまったという経験のある方は多いのではないでしょうか。

普段と違う環境というのは、必ず心身が緊張してしまうものです。

帰省先や気心知れた友人の家などならば、アロマオイルやお香で好きな香りに包まれるのもおすすめですが、様々なお客さんが客室を使うホテルでは、いくら良い香りでも部屋に匂いが残るのは迷惑になってしまいます。

そんなときのおすすめは、身体に直接触れるもの、特に枕にこだわることです。

最近はビジネスホテルなどでも、宿泊者の好みに応じたさまざまな枕を貸し出してくれるサービスがあります。

その中から自分にぴったりのものを選ぶことができれば最高ですが、もっと気軽にできるのは自宅の愛用の枕の高さを測っておいて、客室のタオルを使って同じ高さの〝タオル枕〟を作ることです。

その際、タオルをロール状に巻くと首を傷めてしまう場合があるので、ただタオルを折り畳んで重ねて調整して、高さだけを合わせます。

枕の高さを合わせるだけで普段通りの寝心地が再現され、驚くほどリラックスして眠れるようになります。

ちなみに私はかための枕が好きなので、重ねたタオル内に本や手帳を入れることもあります。

とても快適ですが、くれぐれもお忘れ物にはご注意を！

第三章　養生ぎらい

1

汗と共に身体が溶けていくような夏の熱い風の向こうに、霧がかった妙高峰と五雲峰の姿が見えた。

京の夏の暑さは、お江戸の夏とは一味違う。

どちらも同じように蒸し暑い。だが、お江戸が身体がべたつくようなじっとりした暑さなのに対して、京の暑さには濛々と立ち込める湯気の中を歩いているような勢いがある。

藍は犬のように口を開けて熱い息を吸って、吐いてを繰り返し、必死に歩を進めた。

「お藍さん、よく奮闘しましたな。さあ、ここが萬福寺ですぞ」

長海の軽やかな声が聞こえたそのとき、藍は思わず「わあっ！」と歓声を上げて空を仰いだ。

照りつける日差しが強すぎて、まともに目を開けてはいられない。満面の笑みを浮かべながら目を細めた。

――おとっつぁん、おっかさん、ついに着いたわ。京に着いたのよ！

白い入道雲が遠くに見える青空の向こうに、ずっと見守っていてくれた両親の姿を感じた。

両腕をうんと伸ばす。

手の甲には、日除けのための手甲の跡がくっきりついている。

旅の間はろくに手鏡を見る暇もなかった。おそらく私の顔も、こんなふうに真っ黒に日灼けしているに違いない。

年頃の娘として決して見栄えがよいとは言えないかもしれないが、幼い頃のように嬉しくてたまらない。

「早速、茶を淹れましょう。離れで荷を下ろして落ち着きましたら、本堂にいらっしゃい」

一月ほど歩き詰めの、長い道のりだった。なのに、長海はまるで近場に買い物に行って戻ってきたかのように、飄々としている。

「は、はいっ！　ありがとうございます！」

――ここが目指していた宇治の萬福寺。

改めてしみじみ思うと、旅に出る前と比べて、己の声が驚くほど低く落ち着いていると気付く。

それに大きな荷物を背負っているはずなのに、身体は少しも疲れていない。きっとひたすら歩き続ける日々のおかげで、身体が良い具合に出来上がったに違いない。

境内に敷き詰められた砂利の上を歩くと、心地よい足音が全身に広がる。

東海道の最後の宿、近江国の大津宿を出てから一日。

伊勢に向かう源左衛門たち一行と四日市宿で別れてから、伏見の扇子問屋の人々に同行させてもらいどうにか三条大橋に辿り着いた。それからさらに半日。

過酷な道のりを越えて、ついに萬福寺に辿り着いたという嬉しさが胸にふつふつと湧く。

萬福寺は一つの山を丸ごと切り開いた大きな寺だ。手入れの行き届いた境内は、西ヶ原の千寿園の茶畑がいくつも入ってしまうほど広い。

金箔で飾られたきらびやかで立派なお堂がそこかしこに建っていて、まるで異国の城下町に来たようだ。

蟬の音も、みーんみーんと歌うように鳴くお江戸とは違って、じゃりじゃりと波の音のように響き渡る。

「ここが、京の萬福寺……」

藍は口を半開きにして呆然と周囲を見回した。

「お藍はん、ようこそおこしやす」

京の響きの言葉を喋る小僧に案内された離れは、小ぢんまりした客人用に整った部屋だ。

窓を開け放っても汗まみれになるような熱が籠っている。だが、小さな縁側からは手入れの行き届いた庭が見えて、池の水面が涼し気だ。

──お寺の手伝いをさせていただくって約束だったのに、こんな素敵な部屋に住まわせてもらってもいいのかしら。

申し訳ないような気持ちになりながらも、心地よい新しい部屋の光景に心が躍る。

早速荷を下ろして、中から少々埃っぽくなったねう人形を取り出した。

ねう人形をぎゅっと胸に抱いて、照り付ける陽に緑がぎらぎらと輝く庭を見つめる。

「兄さん、私、無事に萬福寺に着いたわよ。道中いろんなことがあったけれど、まだまだそんなのは序の口なんだから。これから私、この萬福寺で学びたいことがたくさんあるのよ。長海和尚さんに、お茶のことをたくさん教えていただくわ」

お茶、と口に出したらふいに身がぴりりと引き締まった気がした。

「そうだ！　萬福寺に着いたらすぐに、これを書き写そうと思っていたのよ」

荷の奥に大事にしまった帳面を取り出し、ぱらぱらと捲る。

旅路の日記代わりに使っていた帳面だったが、いくつか角が折ってある部分がある。

そこに書いてあるのは、藍が歩きながら思いついた新しい茶の構想だ。

「えっと、なになに、旅用に持ち運べるお茶……。ってこれは、竹筒の代わりに、使い捨てできる容れ物を考えなくちゃいけないんだったわ。安物の陶器だと重くて持ち運びには不便だし、ひょうたんを使い捨てにしちゃうのは、あまりにももったいないし……」

藍は己の閃きにあれこれ注文をつけながら、その場にしゃがみ込んだ。

帳面を見つめていると、新しい茶の閃きが次々と思い浮かぶ。

早く西ヶ原に戻ってこの閃きを試してみたい、と思うと同時に、いや、いけない。まだまだ考えを練らなくてはと思う。

あっという間に時が過ぎた。

「おや？　あなたはどなたですか？」

急に声を掛けられて、はっと顔を上げた。

庭先に、背の高い端正な顔立ちの若い男が立っていた。ぐっすり庵に置いてあったような大きな薬箱を手にしている。医者なのだろうか。

「はじめまして。今日からしばらく、萬福寺にお世話になります。江戸西ヶ原から参りました藍と申します」

この旅で、見知らぬ人、それも若い男はまず最初に警戒する、という癖がついた。

だがこの男の涼し気な目元には、日々まっとうに生きる者でなくては持ちえない落ち着きがあった。男は年頃の娘である藍に対して、まるで老人や幼子に向けるように穏やかで一切の企みのない親切そうな目を向ける。

「はじめまして。私は医者の幸四郎と申します。少し前まで萬福寺の檀家さんで、こちらで人目を忍んで療養をされている方がいらしたのですが。お帰りになったということは、きっとよくなられたとのことでしょう」

幸四郎は京の響きのない言葉で言った。

「お医者さんでしたか。やっぱり」

藍は思わず頷いた。

「どうしてそう思いましたか？」

幸四郎が不思議そうな顔をした。

「薬箱をお持ちだったので」

「薬箱とよくわかりましたね。これは引き出しが目立たない、洋風の少々珍しいものです。私が長崎にいた頃に……」

「長崎にいらしたんですか？　それでしたら兄を――」

弾かれたように口に出してしまってから、しまった、と思った。

「お兄さんが長崎にいらしたんですか？　はて、お江戸、西ヶ原……」

幸四郎はしばらく目を泳がせてから、はっとした顔をした。

「もしかしてあなたは松次郎の妹さんですか？」

いかにも親し気な笑顔を藍に向けた。

「兄を……ご存じでしたか」

松次郎はお尋ね者の身だ。どうしよう、どうしよう、と胸の内で呟きながら、藍は強張った声で応じた。

「ええ、もちろんですとも。松次郎は私がこれまでに出会った中で一、二を争う、頭の良い男です。鳴滝塾に残らずに、私たちと一緒にやはり漢方医を目指すと決めてさえいればあんなことには……」

幸四郎がふいに言葉を切った。

「失礼。今、松次郎の消息はわかっているのでしょうか？」

「いいえ、兄が今どこで何をしているのかはまったくわかりません」

藍は間髪を容れずに首を横に振った。

「……そうでしたか。それはご心配でしょう」

幸四郎は、先ほど松次郎の名を聞いたときの笑顔が嘘のように、難しい顔で頷いた。

2

「既にお藍さんが幸四郎先生にお会いしていたとは、驚きました。ぜひご紹介を、と思っておりましたぞ。さあ、お藍さんも幸四郎先生も、どうぞのんびりとおくつろぎください」

長海がゆったりとした手つきで、急須に湯を注ぐ。

以前、桜屋の宴の席で淹れたものと同じ、飾り立てるところのない素朴な茶器だ。もったりした暑い風に茶葉の匂いが混じると、急に涼しさを覚えるような気がした。

「菱田屋六右衛門(ひしだやろくえもん)殿の娘さんの病は、無事治られたようですね。ほっとしました」

幸四郎が言うと長海が深々と頷いた。

「菱田屋さんは、娘の疱瘡が治ったのは幸四郎先生の治療のお陰と心よりの感謝を申し上げておりましたようです。近々、お礼に伺うと仰っていたようですが、入れ違いになってしまったようですな」

「しばらく留守にしておりました。今日は帰り道にそのまま寄らせていただいたのです」

「ではおそらく、庵に戻られましたら菱田屋さんからのお礼の文が届いておりますでしょうな。幸四郎先生は、どちらへいらっしゃったのですか?」

「二条の薬種街へ逗留しておりました。懇意にしております薬屋のところを回って、新しく入った薬の話を聞いて参りました」

薬種街は、漢方薬を扱う薬種問屋ばかりが立ち並ぶ町だ。お江戸ならば日本橋本町がそれにあたる。

「幸四郎先生は、常に学びに熱心でいらっしゃる」

長海が目を細めた。

「私が里に戻らずに、各地で医者として働くと決めたのには理由があります。この国の至るところで薬について学びを深めたいのです。のんびりしている間はありません」

幸四郎は恥ずかしそうにはにかむ。

――なんて立派な人。

藍は幸四郎の横顔をじっと見た。

そういえば長崎へ行く前の松次郎は、まるで今の幸四郎のように真面目に学びに没頭する憧れの兄だったのだ。

いったい松次郎は長崎で何があって、あんなのんびりとふざけてばかりの気質に変わってしまったのだろう。

どんよりと暗くなったり、常に苛立っているよりはまだましだと思っていた。だが、本来学びを深めた医者というのは幸四郎のような頼もしい風格を備えているはずなのだと思うと、へなへなと力が抜けそうな気分にもなる。

「ですが、幸四郎先生は少々根を詰めすぎる気がありますな。たまには心と身体を緩めてほっと休むひとときも必要ですぞ。さあ、どうぞ」

長海が、幸四郎に湯気の立ち上る湯呑みを差し出した。

「ありがとうございます」

幸四郎が頬を緩めた。湯呑に口を付けて、美味そうに茶を啜る。

「お藍さんの分もありますぞ。さあ、茶を一杯」

「は、はいっ！　ありがとうございます」

長海に声を掛けられて、幸四郎の顔を少々明け透けなくらいじっと見つめていたと気付く。

藍は慌てて、長海に淹れてもらった茶を一口飲んだ。

熱い茶が喉を潤す。茶葉の爽やかな香りが身体じゅうに広がる。

腹がぽっと温かくなると、かえって風が抜けるような涼しさを感じた。

身体じゅうの強張りがするすると解れてゆくような、何とも豊かな味わいだ。

「ああ、美味しいお茶です」

藍はぼんやりと空を見つめて呟いた。

「私も早くこんなお茶を淹れることができるようになりたいです。長海和尚さん、どうぞたくさん学ばせてください」

長海が、ふぉっふぉっと可笑しそうに笑った。

「お藍さんは、ずいぶんと力が入っていらっしゃるようですな」

「ええ、もちろんです。だって私、何が何でも長海和尚さんのようになりたくてたまらないんです。全力で奮闘いたします！」

「ほうほう、それは良い心掛け……とは、申しませんぞ」

「えっ」

驚く藍に、長海がわざと難しい顔をしてみせる。

「何が何でも、なんて気を張ると、人は思いがけない怪我をします。筋を張りすぎると足を傷めるのと同じです。何事も、腹八分に奮闘し、残りの二分はただ日々を楽しんで生きるのがよろしい」

――残りの二分はただ日々を楽しんで生きる。

それは、全力を出すことを諦めて遊んでいるのと、どう違うのだろう。

何かに真剣に打ち込むということは、己の怠け心をすべて捨ててただひとつの道へ全身全霊で努力をすることだとばかり思っていた。

「とはいっても、若いうちはそのコツを摑むのは難しい。無理をしすぎて心や身体を傷めてから、初めて骨身に染みてわかる理でもありますな」

「長海和尚の仰る意味はよくわかります。私も思い当たる患者を幾人も診たことがあります」

幸四郎が頷いた。

「ならばもっと己にも気を配りなさい。医者の不摂生はいちばんいけませんぞ」

長海は幼子を諭すように言ってから、ふと何か思いついた顔をした。

「そうだ、お藍さん、しばらくの間、幸四郎先生のところでお手伝いさせていただいてはいかがですかな？」

「お手伝いですか？　ええ、幸四郎先生がお許しいただけるならば喜んで」

長海の言葉の裏に、松次郎のぐっすり庵の存在があるというのは、すぐにわかった。

幸四郎の医術を目の当たりにすることが、きっとこれから先の藍の学びになると思っての口添えだ。

藍自身も、萬福寺で煎茶について学びたいのと同じくらい、漢方医としての幸四郎の働き方、そして長崎で幸四郎の目に映った松次郎の姿に興味があった。

「こちらの暮らしに慣れるには、寺に籠っているよりもまずは市井でさまざまな人と関わるのがいちばん良いでしょう。幸四郎先生、お願いしてもよろしいですかな？」

「もちろんです。このところ暑気当たりの患者が増えて忙しくしております。お手伝いをいただけるなら、有難い限りです」

幸四郎が落ち着いた声で言った。

藍をまっすぐに見て微かに目礼する。

「よ、よろしくお願いいたします。幸四郎先生の足手まといになりませんよう、しっかりきっちり……あっ、こんな厳めしい言い方はいけませんね」

藍は慌てて忙しなく瞬きをした。

「八割は全力で、残りの二割は力を抜いて京の暮らしを楽しみつつ、奮闘させていただきます！」

藍が背筋をしゃんと伸ばして言うと、幸四郎と長海が顔を見合わせて、ぷっと噴き出した。

「よしよし、その心掛けで参りましょう。それでは決まりですな」

長海が満足げに頷いた。

3

与市は、うっと呻いて口を押さえた。

箸を置く。慌てて身体を揺らして咳き込んだ。よくあることだ。勢いよく麦飯を掻き込んだせいだ。

湯呑みの茶を流し込もうとして、中身の濃いお茶の飛沫が襟元に撥ねた。

襖が開く。咳の音を聞きつけたまだ十四の女中の娘が、心配そうに顔を覗かせた。

「旦那はん、どうされました？」

「平気、平気や。何でもないわ。ちょっと喉に……」

与市はなおも咳き込みつつ、女中を手で追い払うような仕草をしてみせる。

「まあ、お顔が真っ赤になってはりますえ。もしやまたあの病が。誰か、誰か」

女中が泣き出しそうな声を出す。甲高い声が耳に響く。

「平気やて言うてるやろ！」

与市が一喝すると、女中がはっとした顔で黙り込んだ。

「すまんな、つい……」

大声を上げすぎた。みっともない。

与市の剣幕に驚いたのだろう。女中の目には涙が溜まっている。

「もうええわ。下がっとき」

ようやく咳が止まった与市は、平静を装って言った。

与市が倒れたのは一月前だ。

数日前から少し歩くと息が切れて、ずっと鈍い頭痛を覚えていた。だがしつこい風邪を引いたに違いないと思い込んで、病は気からと、むしろ普段よりももっと走り回って働いた。

ある日、そろそろ日が傾き始めた頃にふと空を見上げたら、視界のすべてが真っ白に見えた。

最初は空が分厚い雲に覆われているのだろうと思った。だが、前に向き直っても見えるものは変わらない。

おかしいぞ、と思ったそのときに身構える間もなく気を失った。

その場にいた番頭が身を挺して抱き留めてくれたと聞くが、それでも身体の右半分にあちこち真っ青な痣ができるほどの勢いだった。

すぐに名医と名高い老医師が呼ばれ、血のめぐりを良くして管の詰まりをなくすための漢方薬を与えられ、九死に一生を得た。

医者の見立てでは初期の中風だという。年寄りがいきなり倒れてその場で往生する大病だ。

倒れてすぐの頃は、もはやこれまでかと覚悟を決めた。だが幸いなことにこのところ、ずいぶん身体の調子が戻ってきた。

――だがしかし。

与市は胸元に飛び散った茶の染みを、手拭いで丹念に拭った。

しばらく力を込めて拭いてみた。だがこれはもういけない、着替えようと諦める。胸元の染みは、いかにも養生の最中の病人らしくて嫌だ。

あれから亀屋では、皆が与市のことを腫物に触るような扱いをする。

与市は四十を過ぎたばかりの働き盛りだ。まだまだいくらでも働ける、と自負していた。

それなのに、まだ二十歳そこそこの二人の息子たちがこぞこそ代替わりの相談をしていると気付いていた。

これまで思い描いていた、一家の長としての頼もしい己の姿は、倒れたあの日を境に、年端もいかない女中にまで心配されるか弱い病人のものに変わってしまった。

与市は大きなため息をついた。

常に胸を庇っているので、老人のように背が丸まっていた。

せっかく命拾いをして安心したはずなのに、このところずっと気が晴れない。残りの人生を、こうしてずっと病人として病の影に怯えて生きなくてはいけないかと思うと、どっと重苦しい気持ちに襲われる。

ひょっとすると、あの時に命を終えていたほうが幸せだったのかもしれない、なんて罰当たりなことまで思う始末だ。

「旦那はん、あのう……」

顔を上げると、先ほど追い返したはずの女中が、申し訳なさそうな顔で廊下からひょこんと首を覗かせていた。

「なんや、まだおったんか」

襟元をむきになって拭いているところを、見られてしまっただろうか。

少々気まずい心持ちで言う。

「あのう、あのう、きっと旦那はんは『余計な心配せんでもええ』って言わはりますやろが……」

女中が目をあちこちに泳がせる。

「なんや、はよ言え」

女中の子供っぽい喋り方に、かえって気安い心持ちになった気がした。

与市は少し表情を和らげた。

「もしご気分が晴れないんでしたら、幸四郎先生のところへ行かれてはどうでっしゃろ？」

「幸四郎先生？　名は聞いたことがあるな」

幸四郎は宇治の萬福寺の檀家を中心に慕われている漢方医と聞いた。腕は悪くないと聞くが、なにせまだ二十半ばの若者だという。

己の身体を、経験が浅い医者の稽古に使われてはたまらないと、はなから選ぶつもりはなかった医者だ。

「うちの姉さまが、幸四郎先生のとこで恋煩いを治していただきました」

——恋わずらいだって？

与市は急にあほらしくなってふっと笑った。

「笑いごとやございまへん。うちの姉はんは悪い男に騙されて捨てられて気を病み、幾日も飲まず喰わずで骨と皮ばかりに痩せて、他の医者からは、今日明日の命と言われてはりました」

女中のまっすぐな目に驚いた。

「それが、幸四郎先生の見立てで治ったたっちゅうんか？」

「ええ、薬を出していただき、養生の方法を教えていただき、そのとおりに過ごしたら、十日で元の明るい姉はんに戻りました。今では他の男と所帯を持って、腕白坊主を二人も育ててはります」

「養生の方法、か……」

与市は呟いた。

初めて聞く言葉だった。

「ええ、養生の方法どす。幸四郎先生のとこには、病み上がりの患者はんが幾人も通ってはります」

女中は真剣な顔で繰り返す。

そういえばあの老医師は、「くれぐれも養生なさい」と言うだけで、結局どんなふうに過ごせばよいかは教えてくれなかった。

「一度、会うてみたらええかもわからんな。萬福寺の幸四郎先生やな。おおきにな」

与市が応えると、女中はほっとしたようにまだまだ幼い笑顔を見せた。

4

幸四郎の医院は、萬福寺から四半刻ほどのところにある。

青々とした竹林に囲まれた、幸四郎の落ち着いた佇まいによく似合う涼し気な庵だ。

さらさらと鳴る竹の葉に覆われているせいで、照り付ける日差しも蟬の音も、どこか夢の中のように遠くに感じた。

おそらく金持ちの隠居屋敷か、別荘として使われていた建物に違いない。

今にも崩れ落ちそうなあばら家のぐっすり庵とは、雲泥の差だ。

「萬福寺の檀家の方のお心遣いで、ここに住まわせていただいています。私のような者にとっては、身の丈に合わない立派すぎるお屋敷です」

藍が庵に見惚れていることに気付いたのだろう。幸四郎は照れくさそうに言った。

中に入ると、整った部屋の中に漢方薬の匂いが濃く漂う。

異国を思わせる不思議な匂いだ。嫌な臭いではない。香の匂いから喉に響く甘ったるさを取り去ったような、まるで茶の匂いのように武骨な良い香りだ。

「お薬の匂い。なんだか、ほっと安心します」

藍は犬のように鼻をひくつかせた。

「松次郎ならば、このようにたくさんの漢方薬は使わずに、人を治してしまうでしょうか？」

「そうですね、兄は――」

今は気軽に薬を手に入れることができない状況にいるので、と言いかけて、あっ、と思う。

「ええっと、たぶん、そうですね。兄はもしかしたら、そうなのかもしれません」

慌てて、あちらこちらに目を泳がせながら誤魔化した。

「やはり兄妹ですね。松次郎のことをよくわかっていらっしゃる。私が長崎で出会った松次郎は、薬の効能よりも、人の身体と胸の内とのつながりに興味を持っていました。日々、薬について必死に学んでいる私としては、とても面白い考えだと感心した記憶があります」

「は、はあ。そうでしたか」

どうにか誤魔化せたようだ、と思うことが先で、何とも間抜けな相槌しか打つことができない。

松次郎が今、西ヶ原の林の奥のぐっすり庵にいることは、決して知られてはいけない。

気を引き締めていなくては、と口を結んだところで。

「にっ、にっ」

艶っぽい鳴き声に、はっと目を向けた。

「ええっ？　この子は、いったい何者ですか？」

客人の藍を出迎えるように廊下の向こうからやってきたのは、これまで見たこともない美しい獣だ。狸のようにふわふわした身体。白黒の長い毛並み。青い目。

「ああ、この子は私の相棒、〝すらあぷん〟です。旅は苦手で家が何より好きな気質なので、私が留守にしている間は、近所の人に頼んで日に二度餌を与えに来てもらっていました」

「すらあ……ぷん……？」

藍は素っ頓狂な声で繰り返して、首を傾げた。

奇妙な名のその獣は、二人の足元で優雅に長い尾を揺らす。

「京にしかいない珍しい獣ですか？」

「いいえ、猫の一種ですよ。毛が長いだけで、身体はどこにでもいる猫たちと同じです。すらあぷん、おいで。ほらね」

幸四郎がすらあぷんと呼ばれた猫を膝の上に載せると、頬のあたりの毛をきゅっと後ろに撫でつけてみせた。

「まあ、ほんとうに猫のお顔！　うちの眠り猫とそっくりです。この世にこんなふうに毛が長い猫がいるなんて、知りませんでした」

藍は手を打った。

「長崎で拾った子です。おそらく船に乗せられてやってきた異国の猫が、子を産んだのでしょう。たま、みけ、しろ、などいろいろと名を考えましたが、どうにもこの見た目に似合う名が見つからないので、出島で知り合った異人に名付けてもらいました」

「それで、すらあぷん、さんなんですね」

すらあぷんは、名を呼ばれて「にっ、にっ」と細い声で鳴いた。

「阿蘭陀語で、〝眠り〟を意味するそうです。あまりにも幸せそうに眠っているその姿が、名づけの理由です」

「素敵な名ですね。とってもよく眠れそう。すらあぷんさん、どうぞよろしくね」

藍は、すらあぷんのうっとりするくらい柔らかい毛並みを撫でた。

ほんの刹那のことなのに、それだけでふっと眠気を覚える。この子もきっと、なかなか強力な眠り猫だ。

「そういえば、うちの猫は〝ねう〟というんですよ。〝もう寝よう〟という意味で亡くなった母が名付けたんです」

「そうでしたか。ねうさん、いい名です。やはり猫は眠りの天才ですね」

幸四郎と顔を見合わせて笑った。

微かに風が吹いて、竹の葉がさわさわと鳴る音が響いた。

京の竹林の中の心地よい医院。すらあぷんなんて洒落た名の、毛が長くて艶っぽい異国の血を引いた眠り猫。そして何より、萬福寺の檀家の皆に慕われる、誠実で涼し気な漢方医の幸四郎。

何から何までぐっすり庵とは違いすぎる。

「それでは早速これから、お藍さんに薬を煎じるところを――」

言いかけて、幸四郎がふと表に目を向けた。

すらあぷんが幸四郎の足元に身を寄せて、「にっ」と真面目な顔で鳴く。

「と思いましたが、どうやら患者さんがいらしたようですね」

「すんません、幸四郎先生、いてはります?」

柔らかい京の響きの男の声だ。

「ええ、おりますとも。すぐにお迎えに伺いますので、そちらでお待ちください」

幸四郎が素早く立ち上がった。

——患者さんのお迎えに行くのね。今までぐっすり庵では、考えたこともなかったわ。

人の眠りを診るぐっすり庵では、入り口まで迎えに行かなくてはいけないような足元のおぼつかない患者はまずいない。

だがこの幸四郎の庵は、さまざまな病を抱えた人が集まる場だ。歩くのも辛い人がたくさんやってくるに違いない。

「お手伝いいたします」

藍が立ち上がると、幸四郎は「助かります」と小声で囁く。

——助かります。

何の変哲もないその言葉が、藍の胸に温かく広がる。

「ああ、幸四郎先生、わしは油問屋の亀屋の主人、与市と申します。一月前に胸の病で倒れてから、どうにも調子が戻らしまへんもんで……」

「お話は奥で詳しく伺いましょう。お藍さん、お身体を支えて差し上げてください。脇に手を回して、このように」

「はいっ、わかりました！」

幸四郎にてきぱきと指示されて、藍は大きく頷いた。

5

与市の話を黙って聞いていた幸四郎は、話が終わると静かに、しかしっかりと頷いた。

「大きな病を経た後に、気鬱に襲われる人は少なくありません」

幸四郎はほんの刹那、ちらりと真剣な目で与市の顔を窺う。

「それを伺って、少し胸が楽になりましたわ」

幸四郎の意見は、与市が求めていた言葉だったようだ。急にほっとした様子で表情を和らげた。

「けど、なんでわしはこないに気が晴れまへんのやろ？　せっかく命拾いしたんに、なんで、なんで……」

与市が覚えずという様子で、掌で己の胸元を丸く撫でる。

「生きていれば、必ず誰もが身体のどこかにがたが来るものです。この世に生きるすべての皆が通る道です」

「けど、まだ四十でこないになるのはさすがに早すぎまへんか？　倒れてから、急に十も老け込んだような気がしますさかい」

「確かに大病を患うには、四十という齢は少々早いようにも思えますが」

幸四郎が慎重な口調で言った。

与市の顔がみるみるうちに絶望的な色を帯びる。

「ですが、若いうちに病を得る者には得もあります」

「得なんてなんもあらしまへん。若さと健康、それが何より大事ですわ」

与市が暗い顔で首を横に振る。

「与市さんは大病を乗り越えたことで、己の身体の脆さを知りました。それは、百まで生きるためには、何より大切な教訓です」

「百まで？　大病したこのわしが、そないに長く生きられるはずありまへん。幸四郎先生、わしをからかってはるんか？」

与市が大きく首を横に振る。

「いいえ、私は大真面目です」

幸四郎が言い切った。

その口調の強さに、与市が気圧(けお)された顔をする。

「己の身体の脆さを知らない者は、落ちる怖さを知らずに平然と綱渡りをして見せる幼子のようなものです。人の身体というのは、本人が思っているよりもずっと脆く儚(はかな)いものです。きちんと精のつく食事を摂り、たくさん眠り、身体を休めながら生きなければ、身体はあっという間に壊れてしまいます」

「それは、この身に染みてますわ」

与市が再び己の胸元を押さえる。

「ならば、これからは己の身体を常に慮り、大事に労(いた)わって生きることができるでしょう」

「つまり、先生は、これから先はずうっと病人みたいに生きろ、って言ってはりますん？」

「我武者羅(がむしゃら)な無理をせず、休み休み日々を過ごす。今の世で病人のようだと言われているような生き方こそが、本来の人の正しい姿なのです」

幸四郎が諭すように言った。

「そしたら、これから先、夜通し働くことは……」

「できません」

幸四郎がきっぱり言う。

「亀屋の主人としての仕事は……」

「休みを取りつつ、皆の助けを借りつつ、という形でしたら可能でしょう」

「そないなあほらしいことあるかいな！」

与市が急に声を荒らげた。

「大声は、お身体に障りますよ。今後、もしも強く何かを訴えたいときは、敢えて声を潜めるようにされたほうが、相手も真剣に話を聞こうと身を乗り出してもらえます」

「幸四郎先生、あんたはわしのことを馬鹿にしてはりますか？」

「いいえ、そんなつもりは少しもありません」

幸四郎が首を横に振った。

「これから先ずっと病人として生きていけ、ってそんなんが先生の見立てどすか？わしは前に戻りたいんや。病人なんて言われて、皆に馬鹿にされる前に……」

与市は顔を真っ赤にして言った。

「与市さん、夜は眠れていらっしゃいますか？」

「へっ？」

与市が現れてからは姿が見えなかったすらあぷんの鳴き声が、廊下の向こうで「にっ」と響いた。

「与市さんのように病み上がりの方で、夜に眠れなくなってしまって困っている患者さんはたくさんいらっしゃるのです」

「たくさん……」

与市がそこだけ繰り返して、縋るような目をした。

「お困りでしたら、私が調合した良い漢方薬があります。心を楽にして、眠りを深くする作用のある薬です」

「いやいや、薬なんていりまへん」

与市がぶるりと身を震わせてみせた。

「危なっかしい眠り薬なんて、飲みたないわ」

「眠り薬と呼ばれるほど、誰にでも効くような強い薬ではありません。ですが大病の後など、身体を休めて治す必要のある患者さんには効き目があります」

「いらん、いらん、薬なんていりまへん」

与市が腰を浮かせた。

「そうですか。でしたら私も、無理にとは言えません」

幸四郎はあっさりと引いた。

「ですが、これから先も困ったことがありましたら、お気軽にこの庵にいらしてください。いつでもお待ちしています」

「ああ、はい、はい、どうもご丁寧に」

与市は心ここにあらずという様子で、おざなりな返事をする。

「ではお藍、お見送りを」

幸四郎が藍に目くばせをした。

「はいっ、与市さん、それではこちらに……」

与市はひとりで廊下に出ようとするが、その足取りは覚束(おぼつか)なくとても危なっかしい。

「お藍さん、どうにかして、これを一包、与市さんに渡してもらうことはできますか。飲まなくても構いません。ただ手元に持っていてもらえるだけでいいんです」

幸四郎が耳打ちして、素早く藍の手に薬の包みを握らせた。

「えっ？　どうにかして……ですか？」

どうしよう、と思う間もなく、弾かれたように頷いていた。

「わかりました。お任せください」

藍は声を潜めて応じると、慌てて与市を追いかけた。

6

京のもったりした暑い風に吹かれながら、藍はうどん屋の店先で熱いうどんにふうふうと息を吹きかけた。

つるつるしたこしのあるうどんを一口啜って、あっと声を上げた。

「同じ麺でも、お江戸の蕎麦とはまったくの別物でしょう？」

幸四郎が面白そうに笑う。

「お出汁(だし)ですね。初めて食べました。とても優しいお味ですね」

見た目は醤油をどこまでも薄めたように見えるうどんの汁だったが、味はまったくの別物だ。

醤油の目が覚めるような塩辛さは少しも感じられず、ほっとするような旨味に満ちている。

細かく刻んだ油揚げを食べたら、中から油を含んだ出汁がじゅっと染みてくる。

うっとりするような滋養に満ちた味だ。

「この時季の京では、まずは夜はしっかり眠ること。そして日中の朝餉、昼餉は必ず摂らなくてはいけません。命を取る暑気当たりは、誰の身にも起きますからね」

「わかりました。しっかりたくさん食べます！」

幸四郎の言葉に大きく頷いて、箸を運んだ。

——夜はしっかり眠ること。

幸四郎と松次郎。何から何まで違う二人だが、ここは同じことを言う。

改めて先ほどの与市のことが心配になってくる。

せっかく命拾いしたのだから、己の生をもっと喜んで生きて欲しい。

だが周囲に病人扱いされながら己の病の再発に怯える暮らしというのは、これまで壮健だった頃とはまるで別物だというのもよくわかる。

与市の暗い顔を思うと、気の毒になってくる。

「しかし、先ほどのお藍さんには助かりました。ほんとうにありがとうございます」

幸四郎が頭を下げた。

「いえいえ、そんな。私は何も大したことはしていません」

慌てて首を振りながらも幸四郎の役に立てたことが嬉しくて、藍は微かに頰を緩めた。

――与市さん、これをどうぞ。先ほど幸四郎先生が仰っていた薬です。

藍が目くばせをしながら薬の包みを差し出すと、与市は「はあ……」と怪訝そうな顔をした。

――どんなお薬なのか家でじっくり確かめて、もしご心配ならば他のお医者の先生にも診ていただいてくださいい。いきなり薬と聞いて、与市さんが不安になられるのは当然ですよ。さ、さ、早くしまってくださいな。

藍は幸四郎の目を気にするふりをしながらこっそり囁くと、与市は「へえ、おおきに」と素直に薬を懐に入れてくれた。

さすがにぐっすり庵でよくしているように、うちの先生は口下手でごめんなさいね、とまでは言わなかった。

だが医院での助手の仕事は、ただの下働きではない、医者と患者の橋渡しでもあるという心得があった。

「お藍さんは、ずいぶんと患者さんの扱いに慣れていらっしゃいますね。まるでしばらくずっと、医者の元で働いていたかのような……」

「へえっ？　まさか、まさか。そんなことはありません」

誤魔化そうとして、素っ頓狂な声を出してしまった。

慌てて話を逸らそうと周囲に目を配る。

「あ……」

畑の中の畦道を歩く小さな影に目が留まった。

「あんなお年を召した方が、この暑さの中、ひとりで平気でしょうか？」

本気で心配になって口に出した。

お天道さまがぎらぎらと照り付ける道を、腰が曲がった老婆が己の背丈ほどもある大きな荷を背負って歩いていた。

老婆の足取りは遅く、身体は喘ぐように大きく揺れている。

「……平気ではありませんね。過酷な状況をどうにかこうにか運良く生き延びることを、平気とはいいません」

傍らの幸四郎がすっと立ち上がった。

床几に銭を置いたかと思うと、早足で老婆のところへ向かう。

「あ、幸四郎先生、お待ちください」

藍もうどんの最後の一本を慌てて啜って、幸四郎を追いかけた。

「この暑さで歩き続けるのはお身体に障りますよ。水はお持ちですか？　私に荷を背負わせてください」

幸四郎に話しかけられて、真っ黒に日灼けした老婆が驚いた顔をした。

「ええわ。ええわ。おかまいなく」

「遠く離れた里の母を思い出すのです。どうぞお手伝いをさせてください」

「里？　ああ、やっぱりあんたここの人やありまへんなあ」

「長崎で学んだ後に竹林に庵を構えた、医者の幸四郎と申します」

「へえっ、お医者さん。もしかして萬福寺さんとこの……」

「そうです。萬福寺の檀家さん方の病を治しております」

最初は胡散臭そうに身構えていた老婆が、幸四郎と話しながら少しずつ気持ちが解(ほぐ)れていくのがわかる。

「ほんなら先生にお願いしましょか。おおきに、ありがとございます」

老婆が背負っていた荷を幸四郎に渡す。

受け取った幸四郎がうぐっと唸った。

「こ、これは……」

幸四郎の額に、ほんの刹那でびっしりと汗が浮かぶ。

「まさかこれほど重い荷を背負っていらっしゃるとは、思いませんでした」

「うちは毎日、この荷を背負ってこの道を歩いてます」

老婆が得意げに胸を張った。

「先生、声なんて掛けへんかったらよかったわ、と思ってはりますか？」

老婆はいかにも可笑しそうにくすくすと笑う。

「いいえ、何のこれしき」

幸四郎は奥歯を喰いしばって、無理に笑顔を見せた。

7

「やれやれ、ようやく戻って参りましたね。しばしの一休みといたしましょう」

手拭いで滴る汗を拭いながら幸四郎が言った。

「お藍さん、そういえばあなたはお茶問屋の娘さんでしたね。もしよろしければ、こちらにいらっしゃるうちに、私に美味しい茶の淹れ方を教えていただけませんか？」

老婆を村の外れの小さな家まで無事に送り届け、二人とも汗まみれになって竹林の庵に戻ってきたところだ。

そろそろ陽が傾き始めている刻のはずだが、竹の葉の間から覗く京の青空は、まだまだ目が覚めるほどの眩（まばゆ）い光を放って輝いている。

「ええ、喜んで。ですが美味しいお茶の淹れ方でしたら、私よりもずっと長海和尚さんのほうがお詳しいと思いますが……」

「あの方のご忠言はすべて正しいので、少々耳が痛いのです。私の顔を見るたびに、そんなに根を詰めて働いてはいけない、もっとのんびり遊びなさいと口うるさく仰います」

幸四郎が肩を竦めてみせた。

「まあ、長海和尚さんってなんて素敵なお方でしょう。もっとのんびり遊びなさい、と口うるさく仰る方なんて、聞いたことがありませんよ」

藍はぷっと噴き出した。

「ですがあまりにも言われ続けますと、少々困惑します」

幸四郎も眉を八の字に下げて一緒に笑う。

幸四郎はいかにも真面目で、物事にまっすぐな男だ。

良い人に違いないとは思っていた。だが先ほど、老婆に声を掛けたときにはさすがに驚いた。

いくら良い心の持ち主だとしても、大の男が見ず知らずのお年寄りを助けるためにあんなに懸命になるなんて。

幸四郎の親切には何か裏があるのではと身構えた老婆の怪訝そうな顔は、もっともだった。

「幸四郎さんって、ほんとうにいい人ですね」

この人に、もっとのんびり遊びなさい、と声をかけたくなる長海の気持ちはよくわかる。

「いい人、ですって？」

幸四郎が驚いた顔をした。

「ええ、だってお医者の仕事に懸命ですし、困っている人に親切です。それに何事にもまっすぐでいらして……」

ふいに言葉が途切れた。

私はいったい何を言っているんだろう、と頰がかっと熱くなった。

「すみません。それではすぐに、お茶をお淹れしますね」

真っ赤になった顔を見られたくない。慌てて顔を背けた。

「では、ぜひ私も一緒に」

「いえいえ、今日は私にやらせてくださいな。お茶の淹れ方をお伝えするのは、また今度にしましょう」

腰を浮かせかけた幸四郎を、慌てて押し留めた。

小走りで炊事場へ向かう。

知り合ったばかりの人に、なんて明け透けな誉め言葉を口に出してしまったのだろう。いったい何事かと思われたに違いない。

どうにかこうにか胸を落ちつけながら、窯で湯を沸かし、温めた湯呑みに少々濃い目に茶を淹れた。

ほんの少しだけ味見をしてみる。

幸四郎の庵の炊事場にあった茶は、西ヶ原の茶よりもずいぶんとまろやかだ。昼に食べたうどんの出汁を思わせる、微かな塩味を覚えた。

「こんなお茶には、どんなお菓子が合うのかしら」

お江戸ではお茶受けといえば、うんと塩辛い醤油煎餅が定番だ。だがこんなふうにたおやかな京の茶には、やはり優しい甘さが合っている。

干菓子はもちろん、長崎の金平糖、もしかしたら水飴や飴玉だって合うのかもしれない。

そんなふうにあれこれ思いを巡らせているうちに、妙な具合の胸の高鳴りはようやく落ち着いた。

「お待たせいたしました」

藍が盆を手に現れると、幸四郎は縁側で竹林が風にそよぐさまを眺めながら、すらあぷんの美しい毛並みを撫でていた。

「お藍さん、ありがとうございます。助かります」

幸四郎が振り返って丁寧に礼を言った。

「は、はい」

藍はぼんやりと目の前の光景に見惚れた。

「にっ、にっ」

すらあぷんが礼を言うように鳴くと、青い丸い目で藍を見つめる。尾がゆらりと揺れる。

この庵では、猫までが優雅で礼儀正しい。

「美味しいお茶ですね。生き返る心地がします」

藍の淹れた茶を一口啜った幸四郎がにっこり笑った。

「……ありがとうございます」

ずっとこんな素敵なところで働けたらいいのに、なんて心から思う。

「そういえば、先ほどお藍さんは私のことを〝いい人〟と仰いましたね」

「そ、それは、えっと」

やだ、どうしよう。

頬を押さえかけた藍の耳に、

「それは間違いです」

思ってもいなかった言葉が響いた。

「どういう意味ですか？」

幸四郎の言葉は謙遜している口調ではなかった。冷たいまでにきっぱりと言い切る口調だ。

「私は自ずと胸の内から善い行いができるような、立派な心を持っているわけではありません。敢えて人に親切にしているんです」

幸四郎が唇を結んだ。すらあぷんが尾を揺らしながら、横目で藍と幸四郎を交互に見る。

藍は息を呑んで幸四郎を見つめた。

「いったい何のために、そんなことをされているんですか？」

「それを聞いていただけて、ほっとしました」

幸四郎がふっと息を抜いて笑った。

「私は医者です。人の命を扱うのが仕事です。命というのは運一つでどうにでも転ぶ難しいものです。まさにそのときに運が味方をしてくれるよう、験を担ぐために、常に人には親切を心がけているんです」

「験を担ぐため、ですか……」

初めて聞く考えに、藍はただ驚いて繰り返した。

「人に親切にすれば、喜ばれれば、必ず運はこちらを向いてくれます。もちろんその反対も然りです。それをわかっていれば、皆に親切にして善く生きる他に、医者である私に道はありません」

幸四郎はどこか恥ずかしそうにはにかんだ。

「幸四郎先生の仰ること、すとんと腹に落ちる気がします」

藍は己の腹に手を当てて微笑んだ。

運を味方につけるために善い行いをする。

その運が、己の利のためだけだとすれば少々嫌らしい考えに違いない。だが、幸四郎のように患者を救いたいという想いがあってのことならば、むしろ頭が下がる立派な考えだ。

「松次郎の言葉から気付かされたことですよ」

「えっ？」

息を止めた。

「長崎で出会った松次郎は、とんでもなく明るくふざけた男でした。いつも冗談を言ってでたらめな小話をして、皆に苦笑いをされていました。誰もが難しい顔をするような重篤な患者の前でも、『きっと平気ですよ。すぐに良くなります』なんて呑気に笑っているその姿に、いったいこの男は何を考えているんだと驚いたものです」

「西ヶ原を出たときの兄は、とても真面目な人でした」

まるで幸四郎さんのような。

藍は胸の中だけで言った。

「ええ、そのようですね。いつだったか、本人に打ち明けられたのです。『俺は、わざとこんなふうに振舞っているんだ』とね。『病ってのは、己の身体が己の思い通りになってくれないってのは、どこまでも辛く悲しいもんさ。俺がこうして明るく振舞うことで、少しでも患者の気が解れてくれたらと思ってやっているんだ』と」

「兄さんは、わざとあんなふざけた人に……」

言いかけて慌てて口を閉じた。

藍は松次郎が長崎に行ってからは、一度も会っていないことになっているのだ。

「と真面目な顔で言ったその夜に、松次郎は酔っ払って裸で池に飛び込み、助けに入った私まで酷い目に遭いましたが」

幸四郎がぷっと噴き出した。

「す、すみません……」

藍は頭を抱えた。

「ですが、医学のため、患者のために、己の普段の行いまでも変えようとしている松次郎の姿に、私は大きな感銘を受けました。彼の言葉を受けて私なりに辿り着いた答えが、常に皆に親切に善く生きるよう励むことなのです」

幸四郎の言葉に、膝の上のすらあぷんが「ひゅー」と感心したような声を上げた。

8

萬福寺の離れに戻った藍は、ぼんやりと庭を眺めた。

虫の音が響く夕暮れどきだったが、昼に竹林の庵にいたときよりもずっと熱が籠っていて、ただ息をしているだけで自ずと口が半開きになる。

微かに線香の香りが漂い、時を知らせる鐘が鳴った。

「幸四郎先生って、ほんとうに素敵な人ね」

今ならば、頰が赤くなってしまっても誰にも見られることはない。

「医学の道に真剣で、信念を持っていて、そしてとっても格好いい人」

胸の内に幸四郎の涼し気な顔が浮かぶ。

「だ、駄目よ。格好いい人、なんて浮ついた言い方は失礼よ。兄さんとは大違いな人、ってことにしておきましょうね」

己の頰をぴしゃりと叩いて、首を横に振った。

同じように己の患者のためという想いがありながら、幸四郎は人に親切を心がける立派な人に、片や松次郎は常にふざけているちゃらんぽらんな男になってしまったかと思うと、兄さんはどうしてそうなるのよ、と頭を抱えたくなってくる。

「でも……」

幸四郎から聞いた長崎での松次郎の姿に、心が安らいでもいた。

今の藍と同じように生まれた土地から離れて、見るもの聞くものすべてが珍しく面白く、でも同時に胸の内は不安でいっぱいだったに違いない。

そんな松次郎が、医者として生きるために己の気質までも変えてしまおうと決めたのだと聞くと、選んだ道の馬鹿らしさに力が抜けてしまう反面、胸に誇らしさが湧き上がるのも事実だ。

この世で、いったい己が何者なのか、何の役に立つのだろうかと生きる道に悩んでいるのは己だけではない。

秀才の兄の松次郎も、幸四郎のように非の打ち所もなく見えるような者も、皆が懸命にあれこれ悩んで生きている。

長崎での松次郎の姿を聞いて、そんなことを教えてもらえたような気がした。

「おとっつぁん、おっかさん、私はどんなふうに生きていこうかしら」

藍は京の夕焼け空を見上げた。

おとっつぁんもおっかさんも、生きているうちは一度も目にしたことがなかった京の空。

それを二人の血を受け継いだ己がこうして眺めているのは、なんだかとても幸せなことに思えた。

私は千寿園を守り立てて、みんなが喜んでくれるような美味しいお茶をお江戸じゅうに広めたい。おとっつぁんとおっかさんと、それに伯父さんたちの想いを受け継いで懸命に働きたい。

己の胸にしっかりと言い聞かせる。

それと――。

藍は小さくため息をついた。

「私、兄さんってやっぱりすごい人だと思うの。とても頭が良くて、面白くて、優しくて、医学の道に真剣な人。私は一生適わないわ。兄さんは、たとえお尋ね者でも、ふざけた人でも、どんなふうになってもずっと私の自慢の兄さんよ」

松次郎本人には、決してこんなことを言うつもりはない。だが口に出してそう認めたら、鼻の奥で涙の味がした。

「おとっつぁん、おっかさん、安心してね。兄さんのことは、これからも私がしっかり支えます」

幼い頃から藍が苦労してやっとできたようなことを、すべて軽々とこなしてしまった出来の良い兄の松次郎。

いつだって両親の関心は松次郎のことばかりだと思っていた。己なんて松次郎のおまけに過ぎないと、寂しくてたまらなかった。

けれど両親を見送り、長崎から戻ってきた松次郎とぐっすり庵を続けたこの数年で、藍の想いは大きく変わっていった。

千寿園で役立ちたいという己の道を見つけ、松次郎という兄のことを改めて心から認めることができるようになったのだ。

「にっ、にっ」

聞き覚えのある声に驚いた。

「まさか、すらあぷんさん⁉」

白黒の狸のような姿のすらあぷんが、尾を団扇のように大きく左右に揺らしながら、縁側にひょいと飛び乗った。

「わあ、遊びに来てくれたんですね。どうぞ、どうぞ」

すらあぷんが藍の膝の上に乗る。

そっと毛並みを撫でると、熱気がふわりと広がった。

「その毛並みは暑そうですね。そうだ」

藍は立ち上がると床の間に置いてあった、涼し気な朝顔柄の団扇を持って戻った。

団扇で風を送ると、すらあぷんの顔周りの豊かな毛が踊る獅子舞のように靡く。

すらあぷんが藍の顔を見て「にっ」と鳴くと、気持ちよさそうに目を薄っすら閉じた。

「まあ、喜んでいただけてよかった。そのお顔を見ていたら、なんだか私も……」

藍は大きなあくびをした。

瞼が重い。

団扇を仰ぐ手が止まる。

「にっ、にっ、にっ」

呼ばれてはっと目が覚めて、急いで団扇を再び動かす。

そうしている間にも、また眠気が。

「すらあぷんさん、ごめんなさい。私、どうしても、眠くて眠くて……」

——与市さんも、こんなふうに気持ちよく眠れているといいけれど。

薄れゆく意識の中で、藍の胸にそんな言葉が浮かんだ。

9

まだ夜明けから半刻も経っていないはずなのに、まるで熱の帯に包まれるような京の夏が始まる。

与市は重い体を起こした。

「旦那はん、おはようさんです。お加減はいかがどすか?」

「相変わらずや。悪うもなっとらんけど良うなった気もせえへん。今日も暑うなりそうやな」

昨晩もあまりよく眠れなかった。

横になったままあれこれ思いを巡らせているうちに、まるで青年の頃のようなたまらない情けなさに襲われたりなぞした。ずっと悪い夢の中を揺蕩（たゆた）っている気分だ。

丑三つ時をとっくに過ぎてから、ようやくうとうとしかけたところでこの暑さに起こされた。

「昨夜はずいぶん暑うございました。濡らした手拭いを持って参りましたので、汗をお拭きください」

先日、幸四郎の医院を勧めてきた若い女中だ。

「お前はよう気が効くな」

与市は寝床から起きると、女中が持ってきた水に浸した手拭いで首筋を拭った。手拭い自体はいくぶんぬるくなっていたが、水に濡れた後の肌が風に吹かれてひんやりと心地よい。

「ああ、生き返るわ。この時季に涼しいなんて思えるんは、一日のうち今このときだけやな」

爽やかな匂いが鼻先をくすぐる。はて、と与市が首を傾げたのと同時に、女中が丸い目を大きく見開いて頷いた。

「薄荷を入れました」

「へえ、これが薄荷か。ええ匂いや。この匂いがあると、ほんまに涼しくなったような気ぃするわ」

「気のせいとちゃいます。旦那はんは、ほんまに涼しくなってはります」

　女中が与市をまっすぐに見た。

「手拭いに浸す水に薄荷をほんの少し入れるだけで、ほんまに肌が冷たくなるんどすえ。さらに後からこうして扇（あお）いだら……」

　女中が与市の枕元にあった団扇を揺らした。

「わわっ、寒い、寒いわ！」

　与市は驚いて飛び退いた。

　慌てて己の腕に目を向けると、この暑さだというのに鳥肌がびっしり立っている。肌に触れるとぎょっとするほど冷たい。

　どうやらこの手拭いには、ほんとうに肌を拭っただけで冷たくしてしまう効能があるようだ。

「幸四郎先生からいただきました。この時季に外仕事のある奉公人は、みんなえらい重宝してます」

女中は恐る恐るという調子で、だがどこか子供らしく得意げに言った。

――幸四郎先生か。

与市は苦い顔をした。

「そういや、こないだ、お前が言うてた幸四郎先生んとこ行ったわ」

「幸四郎先生！」

女中の目が輝いた。

「けど、わしにはあかんかったわ。堪忍な」

年端も行かない女中相手に、店の主人が気を遣う必要はないとわかっていた。だがこの女中の子供らしい屈託なさには、どこか気安さを覚えた。この女中にならば、少しくらい弱音を吐いても許される。まるで妖怪座敷童か何かに打ち明けているような気分だった。

「へえ、どこがあかんのでした？」

女中が、まるで弟を心配する姉のような顔をする。

「薬や。幸四郎先生は養生のためなんて言うて、眠り薬を出さはるんや。眠り薬やて？　そんな恐ろしいもん飲みたないわ」

「漢方には、病人の気を鎮めることで眠気を誘う薬があると聞きます。うちの姉はんもいちばん苦しいときは、毎晩、薬を飲んではりましたえ」

——病人の気を鎮める。

与市は苦笑いを浮かべた。

この女中だけが礼を欠いているわけではない。きっと亀屋の中では、与市は気が立った病人と嘲笑われているのだろう。

「あかん、あかん。薬なんて飲んだらあかんわ。もうわしは、病は抜けたんや」

薬、と聞くたびに、周囲から己の病を思い出せと言われているような気がした。この薬がなくてはお前は生きられないのだ、と笑われているようだった。

「けど、旦那はんがお気に召していただいたこの薄荷かて、二条では暑気あたりの薬として売られてますえ？」

与市は、うっと呻いた。

「なら、あかんわ。わしはもう薄荷は使わん」

険しい顔でそっぽを向く。

「そないなこと、いわんといてくださいな。亀屋の皆は、旦那はんのことを皆、心より心配してはります」

——皆に心配されている。

いちばん聞きたくない言葉だった。

「もうええわ、下がり」

「どうか幸四郎先生のお薬、試しに一度飲んでいただけまへんか？　いらんことみーんな忘れて、ぐっすり眠らはったら、きっと旦那はんも病の前のように……」

「わしはもう、病の前には戻れへんのや。そんなん、お前らがようわかっとるやないか！」

与市は勢いよく立ち上がった。

「旦那はん、お気をつけて」

女中の手を振り払ったそのとき。

ふつふつと目の前に泡が広がった。

——あ、あかん、またや。

病に倒れたときの、視界が白く覆われてしまう感覚だ。

頭が割れるように痛い。

倒れてはいけない、堪えなくてはいけないとわかっているのに、全身の力が抜けていく。

「ううっ」

与市は目元を押さえた。身体が跳ね返るような激しい吐き気に襲われる。

「旦那はん、旦那はん！」

女中の泣き出しそうな声が遠くに聞こえた。

10

「お藍さん、来ていただいて早々ですが、私が薬を調合している間、与市さんの介抱をお願いいたします。奥の部屋で休まれています」

藍が竹林の庵に着くと、幸四郎が緊迫した顔で現れた。

「与市さんですって？　そんなにお具合が悪いんですか？」

土間には男物の草履がいくつも脱ぎ捨ててある。

与市を庵へ担いできた奉公人たちのものに違いない。

「今朝方倒れて、馴染みの医者のところへ運び込んだそうです。ですがちょうどその医者が留守にしていて、急を要するために私のところに来たのです」

「急を要する、ですって？　まさか、そんな、以前の病が戻ってきてしまったのでしょうか？」

もしも与市の病が中風と呼ばれるものだとすれば。

こんな短い間に二度もその病に倒れて、普段どおりの暮らしに戻ることができた者の話はそうそう聞かない。

幸四郎は、軽々しく答えることはできないというように首を横に振った。

「まずは与市さんの首、脇の下、そして両足の付け根を冷やしてください。この時季ですので、井戸水を使ってもすぐにぬるくなってしまうのですが……」

「でしたら幾度でも井戸水を汲んできます」

藍は素早く袖をたすき掛けで結ぶと、奥の部屋に飛び込んだ。

「与市さん？　お具合はいかがですか？」

心配そうな顔をした奉公人たちに囲まれて、土気色の顔をした与市が横たわっていた。唇が白く乾いている。

「お身体を冷やします。皆さま、お隣の部屋に」

人払いをしてから着物を脱がせて湿布をし、身体を冷やした。

「与市さん、少しずつでいいのでお飲みくださいね」

水差しで口に水を注ぐ。

幸四郎に言われたところに当てた湿布がぬるくなれば井戸水を汲みに行き、しばらくそんなふうに介抱を続けていると、与市の顔に血の気が少しずつ戻ってきた。

「……あんたか。こないだせっかく薬をもろたけどな」

与市が藍に気付いて力ない笑みを浮かべた。

「無理してお話をなさらなくてもいいですよ」

藍は首を横に振って窘めた。

「あの薬、やっぱり飲まへんかったわ」

「もちろんそれで構いません」

幸四郎も、ただ渡すだけで構わないと言っていたのだ。

「けど、あの薬のおかげで、奉公人たちにここに連れてきてもらえたわ」

馴染みの医者が留守とわかり途方に暮れていたところ、与市の懐にあった薬の袋のお陰で、皆が幸四郎に思い当たったという。

「わしは、もうあかんかな」

与市がか細い声で言う。

「そんな気弱なことを、仰らないでください」

藍は必死で否定するが、与市はぐったりとした様子だ。

「お待たせいたしました」

幸四郎が部屋に戻ってくると、与市は力ない目を向けた。

「幸四郎先生、わしはもうあかんのでっしゃろか？」

藍に言ったのと同じ言葉を繰り返す。

「ええ、そうかもしれません。きっとこのままでは夏を越すことはできません」

「ええっ⁉　幸四郎先生⁉」

藍は思わず声を上げた。慌てて口を押さえる。

「へえっ⁉」

与市も目を剝いている。

「京の夏は厳しいものです。病み上がりの、それも気力も体力も衰えてしまっている身に耐えろというのは酷なことでしょう」

幸四郎が残念そうな顔で眉を下げる。

「ほなら、わしはこのまま……」

与市の声が震えた。

「このままでしたら」

幸四郎が念を押すように言った。

「そしたら、先生。薬を下さい。病が治る、長生きできる薬を」

夏を越すことができないと言い切られたことに、よほど驚いたのだろう。これまで薬は嫌だと言い続けてきたはずの与市が、急に縋るような目をした。

「漢方では、夢のように病が治る薬はありません」

幸四郎が静かに言った。

「私が出す薬は、己の身体が本来備わっている力で病を治すことができるように、手助けをするものです」

「病人相手に、ややこしいこと言わんといてください。そしたらわしは、どないすればええんどすか？」

与市が悲痛な声を出す。

「このご時世に、薬の力が及ぶことは血の巡りを整えるまでです。ぐっすり眠る、しっかり食べる、苦しまずに用を足す、概ねこの三つのどれかならば、私の薬で治すことができます。薬を飲んで身体を整え、己の病を治す力を取り戻すのです」

幸四郎が与市をまっすぐに見た。

「暑気あたりには、眠りが少ないことが何よりも響きます。もし与市さんがこの夏を乗り越えたいと思われるならば、どうぞ私の薬を飲んで、夜はぐっすり眠ることを心がけてください」

「暑気あたり？」

与市は急に気が抜けた声で応じた。

「ええ、そうです。今日の与市さんの症状は暑気あたりです。以前の病が再びぶり返したわけではありません。かといって油断は禁物です。暑気あたりは、毎年幾人もが命を落とす怖い病ですよ」

幸四郎が厳しい顔をした。

そのとき、庭先で「幸四郎先生、いらしてはります？」とのんびりした女の声が響いた。

藍と幸四郎は顔を見合わせた。

「患者さんでしょうか。もしそうでしたら、今は診察中とお伝えしますね」

藍が腰を浮かせかけると、与市が「待っといてんか！」と太い声を出した。

「今の、誰や？」

鋭い顔で藍を、幸四郎を見る。

「えっと、それを今から確かめに参りましょうかと……」

藍は与市の剣幕に臆しつつ応えた。

「幸四郎先生、あんたの知り合いどすか？」

「客人は、私の名を呼ばれていましたね。でしたらそうでしょう」

「ほなら、あの人、ここに呼んでおくれやす」

「えっ？」

藍は怪訝な気持ちで訊き返した。

「あの人、わしのおかはんや」

11

「与市？　なんであんたがここにおるんや」

藍に奥の部屋に通された老婆が、仰天した声を上げた。

大きな籠を背負い、真っ黒に日灼けしている。つい先日、幸四郎が重い荷を背負って家まで送ったあの老婆だ。

「そんなん、こっちが訊きたいわ。おかはん、なんで医者におんのや。どこか身体の具合が悪いんか？」

目をしばしばさせながら応じる与市の口調は、まるで十四、五の若者だ。

「その様子じゃ、具合悪いんはあんたのほうやろ」

老婆はふっと笑ってから、改めて心配そうな顔をした。

「幸四郎先生、うちの息子、どないなご迷惑をおかけしましたんやろ？」

「与市さんのお母さまでしたか。つまり亀屋のお店さま……」

幸四郎が呟くと、老婆は「いややわ、もうとっくにお店さまとちゃいます。隠居の身で、好き勝手やらしてもらってます」と笑い飛ばした。

「生まれが百姓の家でしたさかい。今はうちの畑でできたものを、知り合いに配って歩くのがたった一つの楽しみどす。そやから今日は、幸四郎先生にこないだのお礼をと……」

老婆が、背負っていた籠を前に抱え直した。

中には艶々と輝く丸い茄子と、見たこともないほど大きなとうがらしが山となっている。

「わあ！　こんなにたくさんのお菜！」

覚えずして歓声を上げた藍に、老婆は、

「丸のまま炙るだけで甘くておいしいお菜どすえ。今日の夕飯は、お内儀さんの手を煩わせせんくてもよろしゅうおます」

「お、お内儀さん？　ち、違いますよ。私はただの助手です」

藍はぼっと火が付くように頬が熱くなったのを感じた。

「へえ？　さいですか？」

老婆は不思議そうな顔をする。

「あんたの始終にこにこ嬉しそうにしてはる顔を見てたら、こりゃ夫婦に違いないって……」

「そ、そのお話はもういいとしましょう。今日は与市さんがたいへんだったんですよ。ねえ、幸四郎先生？」

藍が話を向けると、幸四郎は静かに頷いた。

「先ほどの答えがまだでしたね。今朝、与市さんは暑気あたりで倒れられたのです」

「暑気あたり？」

老婆が訊き返した。

「与市、あんたこないだ倒れたばっかりやんか。馴染みの先生の言うこと守って、大事に養生するよう言うたはずやん。暑い中、表で畑仕事をしてるわけともちゃうあんたが、なんで暑気あたりになるんや？」

老婆が怖い顔で問い詰めた。

「そんなん、わしが訊きたいわ」

応じる与市は、さらに若返ってすっかり子供の顔だ。

「与市さんは、きちんと養生をなさっていましたよ。養生を怠って遊び歩いていたわけではありません」

幸四郎が言った。

「そう、そうや。幸四郎先生、おかはんにきちんと言うといてくださいな」

与市が大きく頷く。

「与市さんの暑気あたりには理由があります。このところ与市さんは、夜にうまく眠れていらっしゃらなかったんです」

「夜に眠れてない……」

老婆が幸四郎の言葉を繰り返した。

「ようわかります。この子はちっちゃい頃から、いらんこと考える癖がありました。『なあ、おかはん、人は死んだらどうなるん?』なんて、そないなこと考えてもしゃあないことばかり言うてましたよ。こないだ倒れたせいで、そのあかん癖がまた出ましたわ」

「おかはん、なんてこと言うんや。そないなこと言われたら、わしの立場があらへんやんか」

与市が泣き出しそうな顔をする。

「まあ」

四十の息子を幼子のように扱う老婆と、それに合わせる与市に、藍は目を丸くした。

「ほんで幸四郎先生は、息子にどんな見立てをされましたん？」

「まずは夜に眠れるように、私の薬を飲んでいただきたいと話しました。悩み事で眠れないというだけの壮健な人には出さない強い薬ではありますが、今の与市さんには、身体の養生のために何よりも必要な薬です」

与市は、既に叱られるとわかっている決まり悪そうな顔だ。

「ほんで、息子は薬を飲まへんのどすな。ようわかっとります。前からこの子はそうでした」

老婆が与市をぎろりと睨んだ。

「あんた！　ええ年して、まだ薬があかんとか我が儘（まま）言うてんのか！　おかはん恥ずかしいわ！」

「ちゃうわ、薬なんて飲んどったら、いっつも病人って思わんとあかんくて……」

「あんた何言うてんの？　眠れなくて、暑気あたりになって、って、立派な病人ですがな」

老婆が与市を笑い飛ばした。

「幸四郎先生はな、稀に見る善いお方や。暑い中荷を背負って歩いていたおかはんのことを助けてくださった、立派なええ先生やで。ごてくさ言うとらんと、餅は餅屋や。あんたは先生のこと信じて、きっちり言うとおりにしとったらええねん」

「そ、そんな乱暴なことは……」

幸四郎が戸惑った顔をした。

「この子はまったくもう、昔から。十のときになんて、着物の尻が破れていたのに気付かないで歩き回っていた、なんてちっちゃなことで、もう恥ずかしゅうて死ぬまで二度と家から出られへんなんて言うて皆を困らせて……」

藍と幸四郎は顔を見合わせてくすっと笑った。

「わかった、わかったわ。薬を飲むわ。それでええやろ？」

与市が頭を抱えて、情けない声を上げた。

12

夏が深まり、蟬の音が雨音のように押し寄せる日だ。

竹林の庵に、きらきらと木漏れ日が降り注ぐ。

「すらあぷんさん、今日も暑くなりそうですね。お水をたくさん飲んでくださいね」

藍は庭先で蟬の抜け殻で遊んでいるすらあぷんに声を掛け、濡らした手拭いで身体を拭った。

「ああ、いい匂い」

藍はうっとりと目を細めた。

薄荷の爽やかな匂いが鼻を抜ける。

幸四郎から、しばらく表で仕事をするときは必ずこれを使うようにと言われた薄荷水だ。

箒を手に掃き掃除を始めると、すっと汗が引いて涼しい風が吹く。

「お薬、ってこんなによく効くものなのね。あるのとないのじゃ大違いだわ」

　この凄まじい暑さの中で涼しさを感じることができるかどうかというのは、冗談ではなく命がかかっている。

　爽やかな良い匂いに涼しい風、竹の葉のさらさら鳴る音。

　私はこれからお江戸に戻っても、この心地よいひと時をずっと幸四郎の姿と共に思い出すのだろう。

「えっ？」

　藍は息を呑んだ。

　胸が痛かった。

　私はいずれお江戸に帰らなくてはいけないのだ。そして幸四郎との日々はひときの素敵な思い出に変わる。

　そう考えたら涙が出そうに切なくなった。

「そ、そりゃそうよ。お江戸に戻ったら、あのぐっすり庵のお化けが出そうなあばら家で、兄さんにこき使われて暮らさなくちゃいけないんだから。そりゃあ、泣きたくもなるわよね」

驚いて、己に言い聞かせる。

ぐずりと鼻を鳴らす。

「お藍さん?」

幸四郎の声に、あっと小さな声を上げて背筋を伸ばす。

「幸四郎先生、おはようございます! 今日も暑い一日になりそうですね」

「庭掃除、ご苦労さまです。助かります。ところで先ほどの……」

幸四郎が心配そうに藍を見る。

──私が泣きそうになったのを、聞かれてしまったんだ。

藍の胸がどきんと鳴った。

「い、いいえ。泣いてなんていません。少しも悲しいことなんてありません。私は、身体も胸の内もどこまでも壮健です」

胸を張って見せた。

「え?」

幸四郎がさらに不思議そうな顔をしたので、藍は今度こそ「ああっ!」と声を上げた。

幸四郎の耳に入ったのは、藍が松次郎について話していた「お江戸に戻ったら、あのぐっすり庵のお化けが出そうなあばら家で、兄さんにこき使われて暮らさなくちゃいけないんだから」というところだったに違いない。

「お藍さん、ここで何か困ったことがありましたか？　まだ旅の疲れがじゅうぶんに取れていないお藍さんに、無理をさせてしまったでしょうか？」

「い、いいえ、そんなことはありません。私、幸四郎先生のところで働かせていただくの、とても楽しいです。困ったことなんて、少しもありません」

言いながら顔がどんどん赤くなっていく。

――もう、どうしたらいいの。

ほんとうに泣き出しそうな気分になったそのとき。

「幸四郎先生、おはようさん」

竹林に与市の声が響いた。

藍と幸四郎ははっと顔を見合わせた。

幸四郎がにこりと笑って頷いた。藍も同じ顔で頷く。

つい先ほどまでの気まずい心持ちがあっという間に消え去った。

「与市さん、お待ちしていました。お身体のお具合はいかがですか?」

藍は縁側に箒を置いて玄関に飛んで行った。

「おはようさん、幸四郎先生はどこどすか?」

若い男の奉公人に左右から支えられた与市が、屈託ない笑みを浮かべた。

「お庭にいらっしゃいます」

「ほなら、わしもそちらに伺いますわ」

「ええ、ぜひそうなさってください。お供の皆さまは、どうぞそちらのお部屋でお待ちください。後から冷たいお水をお持ちしますね」

奉公人たちに声を掛けて、与市を支えて庭に向かう。

「与市さん、よく来てくださいました」

幸四郎が出迎えると、与市は開口一番、

「眠れましたわ! ぐっすり眠れました!」

と朗らかな声で言った。

「あの薬のおかげで、ここんとこずうっと頭の中にあった靄が晴れましたわ。身体も明らかにようなっとります。ここまでようなるってわかっとったら、なんでわしは薬を飲むのをあんなに怖がっていたのかあほらしゅうなります」

与市は涙ぐむ。

「与市さん、ありがとうございます」

幸四郎は深々と頭を下げた。

「幸四郎先生、そないなことせんといてください。お礼を申し上げるのはこちらのほうどす」

「いいえ、与市さんが私の見立てを信じて薬を飲んでくださったことは、医者としての冥利に尽きる有難いことです」

「へえ？」

与市が目を丸くした。

「わしは、幸四郎先生みたいに腰の低いお医者には、古今東西会うたことがないですわ」

「これからも、薬をお飲みいただけるでしょうか？」

「そのつもりどす。昨晩は久しぶりによう寝れたから、今日は必要ありまへんが」

「いいえ、私は七日分のお薬をお渡ししたはずです。それを毎晩必ず飲んでくださいとお伝えしました」

「せ、せやけど……」

与市の目が泳ぐ。

「与市さん、どうぞ養生の間、私に与市さんのお身体を任せてください。与市さんのお身体のことをいちばんわかるのは与市さん自身です。ですが、薬のことをいちばんわかっているのはこの私なのです。どうぞ己の判断で薬を止めたり減らしたりはせず、私の言うとおりにしてください」

幸四郎が与市をまっすぐに見た。

与市は幸四郎の言葉の意味を考えるような、拗ねた顔をしてみせた。

「薬のことは、幸四郎先生がいちばんわかってらっしゃる、ってその通りどすな」

しばらく黙ってから、与市は息を抜いて笑った。

「わかりました。幸四郎先生の言うとおりにしてみましょ。けど――」

与市が強い目で幸四郎を窺った。

「それでわしの身体があかんくなったら、幸四郎先生、どないしてくれはるんや？」

藍は息を止めた。

「どうもできません。私には与市さんの身体に何の責も負うことはできません。私の見立てが間違っていて与市さんの身に何が起きても、せいぜい、藪医者と噂されることくらいでしょう」

幸四郎はまっすぐ与市を見て言い切った。

「……なんやそれ」

与市が気の抜けた声を出した。

「だからこそ、私は決して与市さんを悲しませたり苦しませることがないよう、日々己の命を懸ける想いで、全力で取り組ませていただいています。どうか私のその想いを信じて私の見立てに従ってください。私は患者さんに、そうお願いするしかないのです」

幸四郎は再び深々と頭を下げた。

与市がごくりと唾(つば)を呑む音が、藍のところにまで聞こえてきた。

「与市さん、きっとお薬を飲んでくださいますね。だって、幸四郎先生のお人柄は、与市さんのお母さまのお墨付きですもの」

与市を見送って庵に戻り、藍は再び箒を手に掃き掃除を始めた。

「少々気が張りすぎてしまいましたね。日々己の命を懸ける想いで、全力で、なんて厳めしい言葉を使ってしまいました。長海和尚に聞かれたら、きっととても怒られます」

幸四郎が頭を掻いた。

「幸四郎先生、私、最初は、お薬というのは少し怖いもののような気がしていたんです」

かつて松次郎は、すぐに効く眠り薬を求める患者に、そんなものは決して出すことはできないと突っぱねていた。

「お藍さんの気持ちはよくわかります。おそらくこの庵にやってくる患者さんも、今まさに痛みに苦しんでいたり、己の先行きに怯えていたりする人以外は、自ら進んで薬を飲みたいとは思わないでしょう。そういう患者さんの心を汲んだ上で薬を飲んでもらえるようにするには、運でも偶然でも、すべてを味方につける心持ちで進んでいくしかありません」

幸四郎が頷く。

「ええ、兄も――」

はっと黙る。

幸四郎をじっと見つめた。

「幸四郎先生、今まで隠していてごめんなさい。実は兄は今、江戸西ヶ原にいるのです。茶畑の隅の林の奥で人目を忍び、ぐっすり庵という患者さんの眠りを専門に診る医院を開いています」

幸四郎と向き合うと、自ずと言葉が流れ出した。

その参

健康のお供に。スマートウォッチを活用しよう！

大きな病気をした後の療養期間は、誰もが少ししょんぼりしてしまうものです。病気になってしまったことのショックに加えて、自分の身体に今何が起きているのだろう、と不安になると、心身ともにじっくり休まなくてはいけないはずの療養期間も落ち着かない気分になってしまいますね。

そんなときには、二十四時間、身体の状態を見守ってくれるスマートウォッチを生活に取り入れてみるのも良いかもしれません。

少し大きめの腕時計のような外見のスマートウォッチ。流行に敏感な若者や忙しいビジネスマンには、スマホやパソコンと連携させ、情報機器としての機能を極限までコンパクトにまとめたモデルに人気があります。

ですが、実はスマートウォッチには、健康管理に特化したモデルも多く発売されています。

情報機器としての機能は極力シンプルに抑えて、脈拍、歩数、血圧、血中酸素、体温、転倒防止機能、そして睡眠測定など、自分の身体の状態をきちんと把握、記録したい人に向けたものもあります。

また、服薬時間を教えてくれたり、危険な数値が出たらすぐに知らせてくれるなど、自分の身体を二十四時間、機械ならではの正確さで見守ってもらえているという安心感を得ることもできます。

現代医療に心から感謝しつつの療養期間、最新の科学技術に頼ってみるというのも良いかもしれませんね。

第四章　隠居の亭主

1

庵の縁側に並んで座り、蟬の音に包まれて青々とした竹林を見つめる。

幸四郎は静かな表情で、藍の話を黙って最後まで聞いていた。

「それを聞いて、安心しました」

藍が、えっ、と驚いて目を向けると、幸四郎が微笑んだ。

「松次郎は、とんでもなく逃げ足が速い男と信じていましたからね」

長崎で私塾の鳴滝塾を開き、全国から集まった医者の卵たちに蘭方医学を教えていた異人のシーボルトは、文政十一（一八二八）年の帰国の際に、国禁の日本地図を持ち出そうとしたことが発覚し国外追放処分となった。

シーボルトに日本地図を贈ったとされる天文学者の高橋景保をはじめとする日本人の関係者も次々と捕らえられた。もちろん鳴滝塾の門弟たちも例外ではない。

「あの頃に鳴滝塾に集っていた人々の中には、シーボルト先生を守ると意気込んで最後まで抵抗を続けた者も多くいると聞きました。私には、彼らの無事を祈ることしかできません。ですが――」

幸四郎がまっすぐな目で藍を見た。

「私は、師の元に残った若い医者たちの志に、少しも賛同できません」

冷たい声だった。

「そ、そんな。逆ではありませんか？　兄みたいに、これまでのご恩を忘れてひとりさっさと逃げ出して、さらに身を隠してこっそり暮らしているなんて、なんだか私、それを幸四郎先生にお伝えするのが情けなくて……」

「主君に忠義を尽くすのは、侍に任せておけばよいのです。我々町人は命を大切にして、己の力を世のため人のために使うことこそが役目です。せっかくシーボルト先生が授けてくださったたくさんの知識をただ牢の中で腐らせてしまうなんて、そんなもったいないことはありません。その知識があれば、どれほど多くの人を救えたと思いますか」

幸四郎が残念でならないというように、首を横に振った。

「シーボルト先生の教えを受けた松次郎が、そのように市井の一医者として暮らしていると知ることができただけで、私はとても安心しました。きっとこの国の医学は、そのようにして少しずつ良くなるに違いありません」

「は、はあ」

松次郎のことを、そんなふうに立派に言い表してもらえるとは思ったことがなかった。

己の力を役立てるために、知識を残すために、どんなみっともない姿でも生き延びると心に決める。

長崎を出た松次郎の胸にあったのは、ほんとうにそんな崇高（すうこう）な志なのだろうか。

「お藍さん、ずいぶん困った顔をされていますね」

幸四郎がくすっと笑った。

「ええ、幸四郎先生の仰る兄の姿と、私が見ている兄の姿とがあまりにもかけ離れているので。どっちがほんとうの兄なのかわからなくなってきました」

藍は肩を竦めた。

「だって私にとっての兄って、ふざけたことばかり言っていて、昼夜とっ違えてだらしなく暮らしていて、私やお弟子さんの福郎くんがいなかったら己のことひとつまともにできないような頼りない人なんですよ。そりゃ確かに、患者さんの見立てに関しては感心したこともあります。ですが、そんなの仮にも医院を開いているお医者なのだから当たり前ですよね？」

眉間に皺を寄せた藍を見て、幸四郎が優しく微笑んだ。

「どちらもほんとうの松次郎だと思っていれば、よいのではないですか？」

「どちらも、ほんとうの兄さん……」

藍は己に言い聞かせるように、ゆっくり繰り返した。

「長崎の松次郎は、どうしようもなくふざけた男でした。ですが、こちらがひやりとするくらいの深い知識を湛え、その上、朝から晩まで勉学に励み続けていた姿もまたほんとうです。私はあのときの松次郎の勉学への情熱を見ているからこそ、西ヶ原の林の奥にある〝ぐっすり庵〟が、たくさんの人を救っているに違いないと言い切ることができます」

　藍は胸に掌を置いた。

　ぐっすり庵に訪れる患者たちの顔が思い浮かぶ。

　疲れ切って目元に隈が浮かんだその顔が、気力の漲った笑顔に変わる様子。

　これまでぐっすり庵での手伝いを続ける中で、幾度もそんな嬉しい光景を目にしてきた。

「幸四郎先生のおかげで」

　藍は掠(かす)れた声で言った。

「なんだか兄のことが、これまでとは違って見えるようになりました。不思議な気持ちです」

　――それになんだか、この世のすべてを、今までとは少し違う捉え方ができるようになった気がするんです。

　後の言葉は口に出さずに、幸四郎を見つめる。

「きゃっ！」

　巨大な毛玉のようなすらあぷんが、急に藍の膝の上に飛び乗ってきた。

「にっ、にっ、にっ」

すらあぷんは藍の顔をまっすぐに見て、甲高い声で幾度も鳴く。

「え？　えっと、すらあぷんさん、どうしたらいいでしょう？」

明らかに何かを訴えかけようとしているその姿に、藍は首を傾げた。

「すらあぷん、駄目だ。こちらへおいで」

幸四郎が苦笑いを浮かべて手招きをした。

「実はすらあぷんは、こう見えてなかなか気性の激しい雌猫なのです」

藍の膝の上から動こうとしないすらあぷんを、幸四郎は背後から己の腕でしっかりと抱き上げる。

「時折、こうして悋気をみせることがあるのです。すらあぷん、機嫌を直しておくれ」

「まあ、悋気、ですか？　大事な幸四郎先生ですものね。長々とお引き止めして、ごめんなさいね」

むっとした顔で藍を睨むすらあぷんに、藍はにっこり微笑んだ。

「猫には、人の胸の内はお見通しのようです。では、そろそろ仕事に戻るとしましょうか」

幸四郎が頭を掻いた。すっと立ち上がり、廊下に向かう。

「私もお庭の掃き掃除が、あと少し残っていました」

藍も草履を履いて箒を手に握る。

ざっ、ざっと地面を掃く。

ふと手を止めた。

――えっ？　さっきのって……。

怪訝な心持ちで眉を顰める。

――猫には、人の胸の内はお見通しのようです。

去り際の、何とはない口調の幸四郎の言葉が蘇った。

「あ、あれってどういう意味なのかしら？　き、きっと、大した意味なんてないわよね？　すらあぷんさん、ねえ、そうよね？」

縁側で優雅に尾を揺らしていたすらあぷんに声を掛けると、すらあぷんは「ぴっ」と高い声で鳴いて、冷たい目でそっぽを向いた。

2

いったいどうして妻は、こんな根性曲がりになってしまったのだろうか。

徳兵衛はうーんと唸って、腕を前で組んだ。

妻の佐和は若い頃、少々うるさく感じるほど甲斐甲斐しく世話を焼き、常に夫を立てて半歩後ろをついて歩く控えめな良い妻だった。その上、若い頃は宇治で騒ぎになるような別嬪だった。三人の子を育て上げて五十を過ぎた今でも、その美しさの名残は一目で見て取れる。足袋問屋橘屋自慢の大女将だった。

なのに——。

「……いったいわしが何したっちゅうんや」

息子夫婦に商売を譲り、夫婦で隠居暮らしを始めたのは、ほんの一月前だ。

これまでお互い商いに忙しく、ろくに話をする間もなかった。

これからはゆっくり晩酌をしたり、芝居見物や旅に出かけたりと、夫婦二人きりの隠居暮らしを存分に楽しもうと思っていたはずなのに。

――なあ、わしの朝餉の支度はどないなっとんのや？

今朝そう声を掛けたとき、もうお天道さまはずいぶん高くなっていた。昨夜飲みすぎたので、ひどく寝坊した。だからこそ、まさか朝餉の支度ができていないとは思わなかったのだ。

もしかしてお前、身体の具合でも悪いんか？　と続けようとしたそのとき。

――どうもこうもあらしまへん。急いで用意させてもらいます。

こちらを見た佐和の顔に、思わず徳兵衛は後ずさりをした。背筋を冷たいものが通った。

その目に宿っていたものは、ふつふつと煮える怒りだった。

――ほ、ほんまか。おおきにな。

佐和の鬼気迫る様子に呑まれて、普段は言わないような礼を言ってしまった。

今のは何だったのだろうと思いながら、佐和が手早く準備した朝餉に箸をつけた。

おやっと思った。

飯の盛り方がおかしかった。

これまでならば、佐和はしゃもじで飯を盛ってから、表面を綺麗に整えるというひと手間を惜しんだことはなかったはずだ。

それが今、徳兵衛が手にしている茶碗に盛られた飯は、まるで石垣の石片のひとつのような尖った形だ。この調子ではお櫃に移すことはおろか、飯を炊いた釜の中を混ぜることもなく、しゃもじですくったまま盛り付けているに違いない。

――おうい、お前、なんやこれ？

苦笑いで呼びつけた。

――いくら年寄りの隠居暮らし言うても、ここまで横着したらあかんわ。

叱り飛ばすつもりは少しもなかった。

むしろ、祝言を上げたばかりの頃。若き日の佐和が焼き魚をすっかり焦がしてしまったときのことを思い出して、微笑ましいくらいの心持ちだった。

それがまさかあんなことになるなんて。

――へえ、すんまへん。

佐和は徳兵衛の手から茶碗を取ると、顔色ひとつ変えずに縁側へ向かい、中身を庭に放り捨てた。

庭に捨てられた飯を目当てに、雀たちが高らかに鳴いて集まってくる。

——お、お前、何してるんや⁉

素っ頓狂な声を上げた徳兵衛に、佐和はいかにも京女らしい涼しい顔で、

——すぐに初めから作り直しますさかい、一刻ほどいただきます。

と言い捨てた。

——い、一刻か。

わしは初めから作り直せなんて、一言も言うてへん。ただ、家のことに手を抜いたらあかんと言いたかっただけや。

そう言い返したかったが、まるで幽霊のようにうっすら笑みを湛えた佐和が恐ろしくて、徳兵衛は、うぐっと黙った。

——そしたら、一刻、きっちりお待ちください。

——ちょ、ちょい待て。お佐和、お前。

——へえ?

佐和が首を傾げた。

——お前、ここんところ何か欲しいもんないんか? 買い物のついでに、亀屋はんに来てもろたらどうや?

亀屋は長い付き合いの呉服屋だ。所帯を持って三十年以上、これが妻の機嫌を取るときの常套句(じょうとうく)だった。

かつての佐和ならば、口を尖らせながらも「そういや、亀屋さんのご隠居はんの具合、どうならはったんやろなあ？」なんて、とぼけた調子で機嫌を直してくれたはずなのだ。

――亀屋はん？

しかし今の佐和には、これはなぜか悪手だったようだ。

――あては今、欲しいものは何にもありまへん。

嫌にきっぱり言う。

――そ、そうか。ほなよろしいな。

徳兵衛はいつの間にか、額にびっしょりと滲んでいた汗を拭いた。

――あてが今、欲しいもんは……。

佐和はそこまで言いかけてから、急に狐のように目を細めてにたりと笑った。

3

萬福寺の境内に煎茶の香ばしい匂いが漂う。

長海が釜で煮立った湯を湯呑に注ぐ。それから急須で茶を淹れてから、もう一度湯呑へ。

「湯が別の器に移るたびに、一歩ずつ味が変わると覚えるとよろしいですぞ。湯の熱は高ければ高いほど、渋みと苦みが強く出る。熱が低ければ旨味が出る」

「それでは、こうして幾度も器にお湯を移してお湯を冷ましてから淹れるお茶のほうが、美味しいということですね」

帳面に筆を走らせる藍に、長海はにっこり笑って首を横に振った。

「何が美味しいと感じるかは、各々次第ですぞ。うんと疲れていたり、砂糖をたくさん使った菓子を茶請けにするときなどは、一口で目が覚めて口直しにもなるような渋く苦い茶のほうがよく合うこともあります」

「なるほど、確かにそうですね……」

まるで出汁のような旨味豊かなぬるめのお茶を飲むときの、目がとろんとするような感覚はたまらなく幸せだ。だが逆に、うんと熱くて苦いお茶を、湯呑にふうふう息を吹き付けながら少しずつ啜るあのときも捨てがたい。

「どんな茶を淹れるときも大事なことは、待つことじゃ。気を落ち着かせて、息を整えて、ただ美味い茶ができるのを時の流れに委(ゆだ)ねて待つことじゃ」

「はい、わかりました」

長海と二人で、口元に小さな笑みを湛えて急須を見つめる。

胸の内を清々しい風が通り抜け、身体がふっと軽くなった。

「さあ、いただきましょう」

今日のお茶は、甘く優しい旨味の中に山椒のような苦みがぴりりと効いていた。

「ああ、生き返ります。なんて美味しいお茶でしょう」

藍は夕暮れどきの庭を見回して、茶の温もりが残る熱い息を吐いた。

僧侶たちが寝起きする寮は、松の木に囲まれて少々奥まったところにあった。

松葉越しに、萬福寺の法堂が遠くに見える。円形の窓に卍(マンジ)を象った勾欄(こうらん)など、異国の情緒漂う建物が、落ちかけた夕陽に照らされて橙(だいだい)色に変わっている。

「和尚さま、失礼いたします」

小僧が盆を手に現れた。腕に力が入った真剣な面持ちは、どこか福郎を思い出す姿だ。

「おお、今日はお藍さんにぜひともこれを召し上がっていただきたかったんじゃ」

長海が嬉しそうに頬を綻ばせた。

「茶のお供に水菓子というのは、少々珍しい趣向じゃがな」

「まあ、西瓜ですね！　大好物なんです」

藍は盛り付けられた真っ赤な西瓜に歓声を上げた。

早速、一切れ齧る。目が眩むような水菓子の甘さの奥に青々とした菜の味を覚えた。

身体の中に、するすると水気が染みわたっていくのがわかる。

「こんなふうに暑い夏の日に、母がよく切ってくれました。幼い兄と一緒に縁側に腰かけて、種を飛ばして遊ぶんです。『二人とも行儀の悪いことはおやめ。ここいらじゅうが西瓜畑になるよ』なんて母に叱られて、みんなでお腹を抱えて笑っていましたっけ」

藍は遠い昔の思い出に、うっとりと目を細めた。

おっかさんはもういない。もう二度と戻ってこない夏の日だ。

けれどもそのことを悲しいとは思わない。

こうして楽しいことを味わうときに自ずと現れる両親の面影に、ただ胸に温かいものが広がる。

「西瓜はここ萬福寺の名物じゃ。ここを開いた隠元隆琦（いんげんりゅうき）禅師によってこの国にもたらされたと言われておる」

「そうでしたか！　それは少しも知りませんでした」

藍は目を丸くして、己の歯型がくっきりついた西瓜を見つめる。

「他にも、いんげん豆、蓮根、筍（たけのこ）……」

「どれも私の大好物です！　隠元さんって、萬福寺って、すごいところなんですね……」

藍がほうっとため息をつくと、長海が「見直していただけたようで、何よりじゃ」と愉快そうに笑った。

「す、すみません。ここが深い歴史のある素晴らしいお寺だということは、ようくわかっていたんです。ですがここで毎日を過ごしていると、なんだか夢の中にいるような気がして、その偉大さが、どこか遠いところのものに思えてしまうというか……」

「この世のすべては、そういうものじゃよ」

長海が釜の湯をゆっくりと混ぜた。

「何事も、近くにいるときはその良さがよく見えない。むしろ近すぎれば、粗（あら）ばかりが見えさえもする。お藍さんにも覚えがありましょう」

長海が悪戯っぽく笑った。

「……ええ。長海和尚さんの仰るとおりです」

藍は湯呑のお茶を一口、啜った。

西瓜で冷えた口の中に再び温かい茶が注ぎ込まれて、ほっと胸が緩む。

「私はこの旅で、己のことを考えに来ました。生まれ育った地から離れることで、己の道が、よりはっきりと見えるようになるのではと期待してやってきました」

長海がゆっくりと頷く。

「そうでありましたかな？」

「いいえ、己のことは、相変わらず少しもわかりません」

藍は小さく笑って首を横に振った。

「ですが、離れてみると、今まで西ヶ原で私の側にいてくれた人たちのことが、とてもよくわかるような気がするんです」

家族の期待を背に長崎を目指し、そこで得た学びを胸に西ヶ原に戻ると決めた松次郎のことはもちろん。

遠い昔に西ヶ原で茶畑を開くと決めた、亡き父と伯父の蔵之助の夢も。藍と松次郎を大事に可愛がってくれた母の想いも。

遠く離れた京の地にいると、それぞれ己の道を目指してまっすぐに生きた皆の胸の内がわかる。

「旅というのはそういうものなのかもしれませんな。その場を離れることで、周りを、つまりは己の目を見直すことができる。だから古今東西、僧というものは、長旅を好むのかもしれませんのう」

長海が己を指さして笑った。

「己の目、ですか……」

藍は繰り返した。

確かに私が旅に出たからといって、西ヶ原の皆は何も変わっていない。

変わったのは己の目だけだ。

「可愛い子には旅をさせよ、とはよく言ったものですな。お藍さんの旅を許してくださった蔵之助殿には、じゅうぶんに感謝をしなくてはいけませんのう」

「はい、長海和尚さんの仰るとおりです」

藍は頷いた。

蔵之助と重は、藍のことをまるで我が子のように思って、この旅に送り出してくれたのだ。

伯父夫婦と姪っ子という程度の血の繋がりがあったところで、憎み合う者はこの憂き世にいくらでもいる。

改めて伯父夫婦への有難さが身に染みた。

「西ヶ原に戻ったら、伯父さんたちには存分に孝行をいたします」

「それが良いですな。お藍さんが己でそれに気付くことができて、何よりじゃ」

長海が大きく頷いた。

「ええ、西ヶ原に戻ったら、必ず……」

ふいに胸の痛みを覚えて、藍は息を止めた。

幸四郎の顔が浮かぶ。

そうだ、私はそう遠くないうちに西ヶ原に戻らなくてはいけないのだ。

最初からわかっていたことのはずなのに、急に目の前が暗くなるような気がした。

あの心地よい竹林の庵。つんつんしている美しい白黒猫、すらあぷん。薬を煎じる安らかな匂い。そして幸四郎と過ごす日々。

すべてが、両親と西瓜を齧って過ごした夏の日のような遠い思い出に変わってしまうのだ。

つい先ほど、それは悲しいことではないと思ったはずだ。

いつまでも胸に残る楽しい思い出は、きっと己の人生を豊かにしてくれるはずだ。

――でも。

幸四郎と会えなくなるのだと思うと、それだけで泣きたくなるほど胸が痛んだ。

「長海和尚さん、美味しいお茶をほんとうにありがとうございます」

藍は密かに奥歯を噛み締めて、笑みを浮かべてみせた。

4

「おはようございます。今日もよろしくお願いいたします」

竹林の庵での決まりの朝の挨拶も、今日はどこかかけがえのないものに思える。

庵に漂う、微かに苦みを覚える薬の匂いを深く吸い込んだ。

奥に幸四郎の姿が見えなかったので、縁側に面した部屋に向かう。

「あら、幸四郎先生、すらあぷんさん、こちらにいらしたんですね」

「お藍さん、おはようございます。ご一緒にいかがですか？」

縁側で幸四郎が、半月型に切った大きな西瓜を手に藍に笑いかけた。

「亀屋のご隠居さまにいただいた、甘い甘い西瓜です」

「まあ、美味しそう。ですが朝から水菓子とは贅沢ですね」

藍はくすっと笑った。

「これが私の朝飯です。独り身の気楽さですよ」

胡坐(あぐら)をかいた幸四郎の膝のすぐ横で、すらあぷんが西瓜の皮をつついて遊んでいた。

「さあ、おひとつどうぞ。京の夏には、西瓜の水気がよく効きます」

「それでは、少しいただいてもいいですか？」

藍がいちばん小さいものを選ぼうと手を伸ばすと、ずしりと重い大きな一切れを渡された。

「ええっ？　こんなにたくさん食べられませんよ」

「まだあと十玉ほどもあるのです。どうかお手伝いください」

幸四郎が肩を竦めて笑った。

「え、えっと、それでは……」

こんなに大きな西瓜、食べられるはずがないわと思いながら一口齧る。

「わっ！　美味しい西瓜ですね！」

昨日長海に出してもらった西瓜は、とても上品な味だった。

亀屋のご隠居から貰ったというこちらの西瓜は、甘さと水気が弾けるような勢いのある味だ。

覚えずして大口を開けて、一口、二口と食べているうちに、いつの間にかずいぶん西瓜が減っていた。

「何とも良い食べっぷりですね。西瓜とは、こうして縁側で手首のあたりまで汚してかぶりつくのがいちばん美味いと思いませんか？」

幸四郎が大口を開ける。

「ええ、そうですね」

藍も幸四郎の真似をした。

西瓜の汁が腕を伝う。慌てて反対の手の甲で拭うと、甘くて青い夏の匂いがした。

藍と幸四郎は顔を見合わせて笑った。

そのとき、玄関から「おはようさん」と女の声が響いた。

「はい、ただいま」

藍は慌てて水甕の水で手を洗うと、身を正して玄関に向かった。

そこにいたのは、年の頃五十ほど、桜鼠色の小紋で装った整った顔立ちの女だった。

「こんにちわあ。幸四郎先生いらしてますう？　橘屋の佐和どす」

甘い声に柔らかい調子、佐和という名がどこか風に葉がそよぐ音のように滑らかに響く。

「お佐和さんですね。お上がりください」

「お嬢さん、おおきに」

佐和が玄関先で草履を脱いでいる間に、縁側の部屋に向かう。

「幸四郎先生、橘屋のお佐和さんという患者さんがいらっしゃいました」

「お佐和さんですね。月に一度はいらしていただいている方です。お通ししてください」

縁側の部屋にはまだ微かに西瓜の甘い匂いが残っていた。

「幸四郎先生、今日もよろしゅうお願いいたします」

部屋に入ってきた佐和は、深々と頭を下げた。その目にはすっかり幸四郎への信頼がある。

「お具合はいかがですか？」

「幸四郎先生にいただいた血の道のお薬を飲むようになってから、立ち眩(くら)みや耳鳴り、それにあれだけ悩まされていた汗掻きもずいぶんようなりました。さすがにこの暑さで汗は出ますが、それでも前に悩んでいた頃とは比べもんにならしまへん」

「それを伺って安心しました。お佐和さんくらいの年頃の女性にとてもよく効く薬です。しばらく同じ薬を続けてみましょう」

「ええ、よろしゅうお願いいたします」

佐和は慣れた様子で頷いた。

「それから胸の内のほうは、いかがでしょう？」

それまで佐和の気を解そうとするように、にこやかに応じていた幸四郎が、急に真面目な顔をした。

佐和の顔が強張る。

「ええっと……」

佐和が膝の上で拳をぎゅっと握り、目を泳がせた。

「お佐和さん、私は医者です。あなたの友ではありません。ここで胸の内を話していただくことは治療のひとつです。何もお気になさることはありません。ですがもしも居心地が悪く思われるようでしたら、助手を下がらせましょう」

幸四郎が藍に目を向けた。

幸四郎の足元にいたすらあぷんが、気配を察したようにすっと立ち上がり目礼するかのように廊下に消える。

「は、はい。それでは私も……」

藍が腰を浮かせかけると、佐和は「そこにいらしといてくださいな。幸四郎先生と二人きりよりも、これは治療をしていただいてるんやと割り切れます」と首を横に振った。

佐和がすっと息を吸った。

「あて、旦那が憎うて憎うてたまらへんのどす」

藍はひっと息を呑んだ。

——に、憎いですって?

上品で優しそうな佐和の姿と、口から飛び出した不穏な言葉との落差に、今耳にしたものがまったく信じられない心持ちになる。

「続けてください」

幸四郎は医者の顔のまま、決して動じない。

「旦那の顔を見るたび、息が浅うなって、胸が苦しなって、できることなら絞め殺したなります」

「頭に血が上るようなかっとなる気分ですか？　それとも、腹でぐずぐずと怒りが燻（くすぶ）るような？」

「どっちも、どす。とにかくあては、旦那が嫌いなんどす。あの人が家におることが耐えられへんのや」

それから四半刻、佐和は時に涙ぐみながら、時に怒りに身を震わせながら、ひたすら亭主の悪口を言い募った。

5

「それではまずはその薬を飲んで、また、数日後にいらしてください」

「幸四郎先生、おおきに。お薬が、うまく効いてくれるよう祈っときます」

佐和は幸四郎から渡された苛立ちを和らげるという薬を、大事そうに懐にしまった。

「私の出す薬は、まじないのようにすぐに効くというわけにはいきません。特に痛みや腫れなどわかりやすいものではなく、胸の内のことならばなおさらです。ですがとりあえず、三日は続けてみましょう」

「三日後に、また幸四郎先生に話を聞いていただけるのが、あては何より楽しみどす」

佐和は上品に微笑んだ。

薬代を受け取って、佐和を玄関先まで見送った藍が部屋に戻ると、幸四郎が「お藍さん、お疲れさまでした」と、苦難を乗り越えた仲間に見せる笑みを浮かべた。

「……お佐和さんは、とても苦しい胸の内を抱えていらっしゃるんですね」

言葉を選びながら言った。

佐和の口から飛び出した、夫を罵る毒口の数々にすっかり当てられてしまった気分だ。

だが佐和はせっかく幸四郎を、そして藍のことも信じて腹を割って話してくれたのだから、陰でそのことを面白おかしく話したりなどしてはいけない。

「お佐和さんのご亭主である徳兵衛さんのことは、私もよく知っています。二年ほど前に腹を悪くされたときに、お佐和さんに連れられてここへいらっしゃいました」

「お二人でいらしたんですね」

「ええ、その頃はとても仲睦まじいご夫婦でした」

藍も幸四郎も、しばらく黙り込んだ。

――旦那が憎うて憎うてたまらへんのどす。

藍の胸に、佐和の悲痛な声が甦(よみがえ)る。

長い間添い遂げ、手を取り合ってたくさんの困難を乗り越えてきたはずの夫婦なのに。いったいどうして、こんなことになってしまうのだろうか。

「でも、いったいどうして……」

思っていたことを覚えずして口に出してしまった。藍は慌てて口を閉じた。

「お佐和さんは、徳兵衛さんがどんな嫌なことをするのか、酷(ひど)いことをするのか、なんて一言も言いませんでした。ただ徳兵衛さんがそこにいることすべてが、嫌でたまらないと仰るんです」

幸四郎が静かに言った。

「ご夫婦として、気持ちが離れてしまったということなんでしょうか」

男女の仲は、ままならない。片方が惚れていても片方が顔を見るのも嫌なくらい飽きてしまうこともある。

藍には少しも実感がなくとも、そんな本や芝居を目にしたことはあった。

「難しい話です。五十を過ぎたご夫婦ですからね。我々のような若造の、寝ても覚めても相手を想うような恋心とは、まったく別物なのだとは思いますが」

「そ、そうですね。我々とは、ぜんぜん別の……」

ふいに頬がかっと熱くなった。幸四郎が〝恋心〟について話すなんて。それも〝寝ても覚めても相手を想う〟なんて聞くと、それだけで汗が出そうに焦ってくる。

と、すらあぷんが「ぴーひょろろ」とまるで鳶のような間抜けな鳴き声を上げて、部屋に入ってきた。

「すらあぷん、お前はそんなに優雅ななりをして、まったく剽軽者だなあ」

幸四郎がくすりと笑った。

すらあぷんは得意げに幸四郎に身を寄せると、藍を横目でちらりと睨んだ。

――はいはい、ごめんなさいね。お二人のお邪魔はしません。

藍は肩を竦めた。

「そういえば、お佐和さんは眠ることができないと仰っていましたね」

気を取り直して、藍は佐和の訴えを書き留めていた帳面に目を落とす。

「話によれば、眠れないのはまずは徳兵衛さんのようですね。晩酌が習慣になっている徳兵衛さんは夜になると厠が近いので、真夜中に数度目が覚めるそうです。そのたびに、お佐和さんは起こされてしまうと」

幸四郎は藍が手にした帳面を覗く。

「行燈の灯をつけるたびに、このままご亭主のことを火だるまにしてやりたくなる、なんてとんでもなく物騒なことを仰っていますね」

藍と幸四郎は顔を見合わせた。

「お佐和さんは、ちょうど女性の血の道が変わる齢です。薬で苛立ちや細かい不調を抑えることはできますが、何よりよく喰いよく眠り、身体を壮健に保たなくてはいけない時期でもあります。まずはしっかり眠っていただくのが大切ですね」

「私もそう思います。まずはぐっすり眠っていただきたいです」

藍は頷いた。

「つまりこれは松次郎の得意分野ですね。お藍さん、もし松次郎ならばどうするか、ご忠言をいただけますか？」

「えっ？　兄だったらどうするか、ですか？」

思わず訊き返した。

「容易に薬を手に入れることができる私のような医者には思いもつかない形で、松次郎は患者を治しているのでしょう。もしもお許しいただけるなら、私の学びのためにその一端を教えてください」

幸四郎が深々と頭を下げた。

「お許しいただけるなら、なんて。そんなのお安い御用です。ですが……」

藍はちらりと、すらあぷんに目を向けた。

すらあぷんが、「何だ？」とでもいうように不貞腐れた顔をして、尾をゆっくり振る。

「兄のやり方は、とても馬鹿馬鹿し……いえ、珍しいものですがよろしいでしょうか？」

「珍しいものですか？　それはぜひ教えていただけましたらと」

幸四郎が真面目な顔をした。

「ええっと、それでは、こちらのすらあぷんさんに、お手伝いをいただきます」

すらあぷんが急に名を呼ばれて、「えっ？」と驚いたようにこちらを見た。

「すらあぷんさん、失礼しますね。こちらに来ていただけますか？　私と、幸四郎先生のちょうど間です」

畳を手でとんとんと叩くと、すらあぷんが不思議そうな顔で近づいてきた。

「そうそう、そちらにお願いいたします。そして幸四郎先生、こうしてすらあぷんさんの毛並みを撫でてみてください。心を込めて、幾度もゆっくりです」

まず己がやってみせようとしたそのとき、すらあぷんが「にっ、にっ」と鳴いて藍の掌に頭を擦りつけた。

ふわりとした温かい毛並み。微かにぐるぐると喉を鳴らす音。

すらあぷんの毛並みを撫でるたびに、胸の強張りが少しずつ解れていくのがわかる。

瞼が落ちそうになる。うっとりするような眠気に襲われる。

「さ、さあ、幸四郎先生もご一緒にどうぞ」

藍は大きなあくびを必死で嚙み殺した。

6

虫の音に目を覚ました。

最初に天井が目に入る。続いて、すらあぷんの毛むくじゃらの顔がにゅっと視界に現れた。

「わっ！」

驚いて身体を起こしかけると、藍のすぐ横で、幸四郎がすらあぷんに手を差し伸べるようにして、目を閉じてぐっすり眠っていた。

「やっぱり、すらあぷんさんは、強力な眠り猫ね」

まるで行き倒れのような幸四郎のその姿に、藍は密かにくすっと笑う。

すらあぷんが、「早く幸四郎を起こしてくれ」というように、「ぴっ」と鳴いて藍の頬に肉球を当てる。

「ええ、もちろんよ。幸四郎先生、幸四郎先生、起きてくださいな」

肩に手を伸ばしかけて、はっと動きを止めた。

幸四郎の寝顔をじっと見つめた。

普段の姿からは想像できない気の抜けた寝顔には、まるで七つくらいの少年を思わせるような子供らしさが漂う。

生きることへの前向きな想いに満ちた若々しいその寝顔に、思わずしばらく見惚れてしまった。

ふいに幸四郎の目が開く。

藍と目が合う。

「……お藍さん」

「す、すみません！　やだ、ごめんなさい！」

どうにでも誤魔化すことができたのに、慌ててそんなことを言って顔を背けてしまった。

「ずいぶん間が抜けた顔を見られてしまいましたね」

幸四郎が恥ずかしそうに言った。

「い、いいえ。そんなこと」

藍は大きく首を横に振る。

「すらあぷん、お前がこんな力を持つ眠り猫だったなんて、少しも気付かなかったよ。日中は忙しくてお前を撫でてやる暇はないし、夜にお前の毛並みを梳（くしけず）ってやるときは、すぐに眠くなってしまうから……。そうか、そういうことだったんだな」

幸四郎がすらあぷんに、愛おしげな目を向けた。

「私がどんな悩み事があっても、身体の具合が悪くとも、毎晩あっという間にぐっすり眠れていたのは、このすらあぷんのお陰だったようです」

「にっ、にっ！」

すらあぷんが得意げに鳴いた。

「こうして眠り猫の力で患者さんに眠っていただいて、目覚めたときの様子で、患者さんのほんとうの胸の内を知るんです」

藍はすらあぷんの頭を撫でながら、ぐっすり庵での治療のやり方を説明した。

「目覚めたときの様子、ですね。確かに、人は眠りと目覚めとのちょうど間くらいのときに、己でも気付いていなかったような本心をぽろりと零（こぼ）してしまうというのは、よくわかります。想い人の名などがその良い例ですね。芝居でよく使われる場面です」

幸四郎は真面目な顔で頷く。

「早速、次にお佐和さんがいらしたときに試していただきましょう。すらあぷん、お前の力が必要だ。しっかり頼むぞ」

「きゅっ！」

すらあぷんが目を輝かせて応じた。

「お藍さん、ご忠言、とても助かりました」

幸四郎が襟元を直しながら身を起こす。

「お役に立てて何よりです。では私は、廊下のお掃除をして参りますね」

藍は雑巾を手に廊下へ向かった。

夏の湿気を含んだ廊下の木目を、乾いた雑巾で四つん這いになって力を込めてしっかり拭く。

――人は眠りと目覚めとのちょうど間くらいのときに。

幸四郎の言葉が胸の内を巡る。

額に汗がじっとりと滲む。手の甲で急いでそれを拭って、再び拭き掃除に身を入れる。

──己でも気付いていなかったような本心をぽろりと零してしまうというのは、よくわかります。

再び幸四郎の声。

──幸四郎先生よりも早く目が覚めて、ほんとうに良かったわ。だって万が一にも変なことを言っちゃったら、たいへんだったもの。

ほっとため息をつきかけて、あれっ？ と思う。

──幸四郎先生、目が覚めたとき最初に……。

ぽっと頬が熱くなった。

「あ、あれは違うわ！ 幸四郎先生が私の名を呼んだのは、私の顔を見たからよね？ そ、それだけよ。深い意味はどこにもないわ」

慌てて小声で己に言い聞かせる。

「にっ、にっ」

すぐ背後で聞こえた声に驚いて振り返る。

幸四郎に頼られてすっかり自信をつけた様子のすらあぷんが、にんまりと笑うような細い目で藍のことを眺めていた。

7

「へえ、猫さんの毛並みを触る？　へえ、へえ、猫さんの毛並みをねえ。猫さんの毛並み……」

約束どおり三日後に訪れた佐和は、目を丸くして幾度も訊き返した。

「猫は苦手でいらっしゃいますか？　もしそうでしたら、助手の持ち物の〝ねう人形〟をお貸しすることもできますが。ですが、このすらあぷんに触れていただくほうが、効き目が強いのは間違いありません」

幸四郎が穏やかな笑みで訊いた。

「こちらが、そのねう人形です」

藍が西ヶ原から持参したねう人形を掲げて見せた。

佐和がしばらくこの庵に通いながら、すらあぷんには見向きもしなかったことを聞いて、もしや猫が苦手なのではと案じて準備したものだ。

「……人形」

佐和はきょとんとした顔をしてから、ぷっと噴き出した。

「あかん、あかん、あて、赤ん坊とちゃいます。こちらの猫さんのお力をお借りしましょ」

佐和が着物の袖を肘までまくり上げた。

「ご安心ください。すらあぷんさんは、つい先ほどまで丹念に柘植の櫛で梳っておきました。抜け毛もなくふわふわですよ」

藍の言葉に、すらあぷんが得意げに胸を張った。

「抜け毛もなくふわふわ……」

やはり着物に毛が付くのを気にしていたのだろう。

佐和がどこか決まり悪そうな顔をしてから、すらあぷんの額をちょんと撫でた。

「えらい長い毛どすなあ。この子、ほんまに猫でっか？」

すらあぷんが気持ちよさそうに目を細めた。

「よく言われます。異国の血が入っているんです。おそらく親が阿蘭陀からやってきたのでしょう」

「それはそれは、遠いとこからようこそおこしやす」

佐和があくびをかみ殺すような声で言った。

幸四郎が藍に目くばせをした。

「お佐和さん、もしよろしければ箱枕をお使いください」

「箱枕？　ああ、髪、髪が乱れてしもたらあかん。へえ、たしかに、へえ……」

佐和の言葉が溶けるように消えていった。微かないびきの音。

藍は慌てて佐和の身体を抱き起こすと、首の下に箱枕を入れて再び横たえる。

「すらあぷんさん、お見事です」

藍が頷くと、すらあぷんは真面目な目をして口元を引き締めて「にっ」と鳴いた。


それから佐和は半刻近く、ひたすら眠り続けた。

すこしでも深く眠ってもらえるようにと、藍は団扇で風を送った。

「お佐和さん、とてもお疲れだったんですね」

藍が囁くと、幸四郎が小さく首を横に振った。

「お佐和さんはおそらく、とても気を張っていらっしゃいます。ほんの少しの声にでもすぐに目覚めてしまう場合があるので、我々もお佐和さんが起きるまでは口を閉じて静かにしていましょう」

「す、すみません」

藍は慌てて口を閉じた。

「お藍さんが気にすることはありませんよ。今日は患者がお佐和さん、だからです」

幸四郎が佐和の寝顔に目を向けたので、藍はそれに倣う。

佐和は眠りの中で、うっすらと微笑んでいた。年の割に美しい人だ。眠っている最中も、大口を開けてよだれを垂らしたりなぞしない。身体の芯にまで上品な仕草が身に染み込んだ女性なのだろう。

そのまましばらく幸四郎はじっと佐和を見つめていた。

「……うちは」

眠ったままの佐和の眉間に、急に皺が寄った。

「……うちは、おかはんやありまへん」

苦し気に首を横に振る。

「……二六時中あんたの世話焼いて回るんは、もう嫌や。こんな暮らし、もう嫌や」

ぱちりと佐和の目が開いた。

「幸四郎先生、あて、すっかり眠ってしまいました？」

佐和は寝起きの血の気の引いた白い頬に掌を当てて、呆然としている。

「ええ、ぐっすりお休みでした」

幸四郎が頷いた。

「なんか、変なこと言うてました？」

「いいえ」

幸四郎が首を横に振る。

「これまで治療の際に伺ったことと、何も変わりません」

確かに、と藍は密かに胸の内で頷いた。

佐和が、隠居で暇ができた夫の面倒を看なくてはいけないことに苛立ち、疲れ切っているのは、これまでの話の中でよくわかっていたことだ。

眠りと目覚めの間にいた佐和の口から、思いがけない言葉が飛び出したわけではない。新しい何かに気付けたわけではない。

か。

　もしかすると、佐和のような患者にとっては眠り猫の治療は失敗だったのだろう

　藍がそう思いかけたとき、幸四郎が口を開いた。

「お佐和さん、ご協力ありがとうございます。今後の治療をどうすれば良いかがはっきりと見えました」

「えっ？　ほんまどすか？」

　佐和が身を乗り出した。

「ええ、夜眠る前に、この薬を飲んでください。本来ならば身体の病を治そうとしている最中の人にしか出さない、強い眠り薬です。これを、半日何も食べずに腹を空っぽにした状態で飲んでください」

　幸四郎が、以前、与市に出したものと同じ薬を出してみせた。

「腹を空っぽに……？　けど、そないなことをしたら……」

　佐和がおっかなびっくりの顔をした。

「ええ、とてもよく薬が効くはずです」

「毎晩続けて、身体に障りはあらへんのですか？」

「お佐和さんがこの薬を飲むのは、たった一度きりです」

幸四郎がきっぱりと言った。

「たった一度きり……？　そんなんで、あての身体と胸の内、ようなるんでしょうか？」

佐和が困惑した顔で繰り返す。

「ええ、私はきっと、そうなると信じています」

幸四郎が頷くと、すらあぷんの尾がぱたりと鳴った。

8

「ほなら、ぼちぼち寝るか」

徳兵衛は蚊帳の中から佐和に声を掛けた。

佐和は背を向けたまま、聞こえているのか聞こえていないのかわからない様子だ。

「おうい、そろそろ――」

何の前触れもなく、ふいに目の前が真っ暗になって驚いた。

佐和が勢いよく行燈の灯を吹き消したのだ。

「お、おう、おおきにな」

どこか不穏なものを覚えながら、徳兵衛は礼を言った。

佐和が蚊帳の中に入ってくる気配を感じる。

「今日は、幸四郎先生にいただいたお薬を飲んでますえ。ぐっすり眠らしてもらいます」

佐和が普段よりもか細い声で言った。

「眠り薬か？　そんなん身体に障るんとちゃうか？」

一応口ではそういいつつ、二年前に夫婦で訪れた幸四郎の竹林の庵を思い出すと、あの医者が出した薬ならばさほど憂慮はいらないとも思う。

あの時も、幸四郎は徳兵衛から話を聞いて脈を取っただけで、腹の具合をあっという間に治してしまった。

佐和は何も答えない。

気分を損ねたかと横を盗み見ると、横になったと同時に寝入ってしまったようだった。

「眠り薬なあ……」

聞こえていないならば安心と、徳兵衛は苦い顔で呟いた。

隠居暮らしを始めてから、佐和とうまく行っていないことは痛いほど身に染みてわかっていた。

己のすべてに佐和が苛立っているのがわかる。医者から眠り薬を出されたということは、亭主のことが嫌でたまらなくて夜に眠ることもできない、なんて泣きついているのかもしれない。

「わしに、どないせえっちゅうねん」

徳兵衛は子供のように口を尖らせた。

せっかく長い年月、一緒に苦難を乗り越えてきた夫婦だというのに。

ようやく妻と仲良くのんびりと隠居暮らしを楽しめると思っていたのに、どうしてこんなに煙たがられなくてはいけないのだ。

これまで幾度も感じていた情けない想いが、胸の内で泡のようにふつふつと湧き上がる。

徳兵衛は深いため息をついて、眉間に皺を寄せたまま目を閉じた。

夜も更けた頃、尿意で目が覚めた。

眠くてたまらないので、どうにか誤魔化すことができないかと抗ってみるが、無駄だったようだ。

「うーん」

呻き声を上げて身体を起こす。

「おうい」

天井を眺めたまま声を掛ける。

「おうい、厠や。明かりつけてくれへんか?」

おやっと思って横を窺う。

普段の佐和ならば、すぐに身体を起こして行燈の灯を入れてくれるはずなのに。

寝起きのよく回らない頭でしばらく考えてから、はっと思い出す。

そうだ、今日は眠り薬を飲んでいると言っていた。

「明かりがないと、何にも見えへんわ」

渋々蚊帳を出て、己の手で行燈に灯を入れた。

渡り廊下の先の厠に行くためには提灯も必要なはずだったが、表に目を向けてみると幸い今宵は月が明るい。

妖怪を恐れる子供ではない。暗闇の中でも、なんとか厠に行って帰ってくるくらいはできるだろう――。

覚束ない足取りながらも何とか無事に用を足して戻ってきた徳兵衛は、はっと息を呑んだ。

行燈の灯の揺れる部屋で、佐和が深い寝息を響かせてぐっすりと眠っていた。

強い眠り薬で眠っていると知っていた。

だが、働き者で世話焼きのはずの佐和が、明かりが灯っていることにも気づかずに昏々と眠っている光景には異様なものを覚えた。

寝息が聞こえているというのに、まるで死んでいるのではないかと疑うような空恐ろしさを感じる。

「……何やこれ。眠り薬なんて、ええもんとちゃうわ。お佐和が目ぇ覚ましたら、もう二度と飲んだらあかんて言わな」

徳兵衛はいつの間にか己の腕に立っていた鳥肌を摩った。

蚊帳の中に入る。

ふと動きを止めた。

じっと佐和の寝顔を見つめる。

「……ええ顔しとるな」

上辺だけのその言葉に、心底ぎょっとした。

これは葬式で使う言葉だ。

つい先ほど、まるで死んでいるのではないか、なんて縁起でもないことを考えたせいだ。

「妙なこと言うたらあかんわ」

徳兵衛は額の汗を拭った。

ほんとうはまったく逆のことを思っていたのだ。

眠っている佐和は、笑うこともなく、取り澄ますこともなく、冷えた目をこちらに向けることもない。

ただ深くぐっすり眠り込んでいるその顔は、皺だらけで目が落ち窪み頬が痩せていた。徳兵衛の記憶の中の妻の顔とは似ても似つかない、老婆のような姿だった。

徳兵衛は一歩後ずさった。

佐和が「かっ」と喉を鳴らした。「ぐふっ」と間抜けな音を立てて寝息が乱れる。

白目を剝き、半開きになった口からはよだれが垂れている。

「お、お前、なんちゅう顔しとんのや」

徳兵衛は強張った声で言うと、畳の上にがくりと膝をついた。

9

今朝は、昨日よりほんの少しだけ暑さが和らいで感じられる。

つい先日まで熱の帯としか思えなかったもったりした夏の風に、ひんやりした涼しさを覚える。

藍は箒を手に、風にさらさらと鳴る竹林を見上げた。

季節は移り変わるものだ。夏の盛りはほどなく秋に変わり、そして厳しい冬になる。

わかりきっていることのはずなのに、ひどく驚く心持ちだ。

「もうすぐ夏が終わるのね……」

藍は一面に広がる竹林の緑を見つめた。

西ヶ原の茶畑の緑、そして幸四郎の庵の竹林の緑。こんなふうに押し寄せてくるような緑色に囲まれていると、まるで両親の側にいるように胸の内が穏やかになる。

「秋になったら、私は……」

旅に適したこの時季になったら、藍は西ヶ原へ帰らなくてはいけない。

これからもずっとここにいることができればいいのに。折に触れてそんなふうに思ってしまう己に、ここしばらく手を焼いていた。

だが、決してそんな我儘を言えないことはわかっていた。

窮屈な気持ちではない。千寿園の皆にどれほど良くしてもらえたか、松次郎がどれほどの想いを持って長崎で学んだのかがわかるからこそ、己が生きる場は西ヶ原にしかないと納得していた。

「でもなんだか寂しいわ。暑い夏がずっと続けばいいのに」

おくれ毛を揺らす風は、やはりはっとするほど涼やかだ。

「こんにちはあ」

明るい声にはっと我に返った。

竹林の小道に、手に風呂敷包みを抱えた佐和が立っていた。

「お佐和さんでしたか。それと、まあ……！」

佐和の背後には、同じくらいの年頃の恰幅の良い男の姿があった。佐和と顔かたちが似ているわけではないのに、仕草や表情の作り方が良く似ている。長年連れ添った夫婦以外の何者でもない二人だ。

「徳兵衛さんですね。はじめまして。私は助手の藍と申します。幸四郎先生がお待ちです。さあさあ、奥へどうぞ」

「へえ、おおきにな」

徳兵衛がぺこりと頭を下げた。

「幸四郎先生！　あ、こちらにいらしたんですね」

「お佐和さん、それに徳兵衛さんもよく来てくださいました」

足元に雲のようにもこもこしたすらあぷんを従えた幸四郎が、庭先から顔を見せた。

「幸四郎先生！　先生のお陰で、良うなりました！」

佐和が開口一番、嬉しくてたまらないという声を上げた。

「どのように良くなったのでしょうか。どうぞお聞かせください」

幸四郎は静かに頷いた。

「幸四郎先生からいただいたあの薬を飲んで、ぐっすり眠って起きたら、うちの人が、それまでとはまったく違う人になってしまいました」

佐和が嬉しそうに徳兵衛を見上げた。

「まったく違う、とは良い方に変わったということですね？」

「ええ、もちろんどす。今まで家のこと何から何までうちに任せて頼り切りだったこの人が、じぶんのことはじぶんで、さらにわたしの身の回りのことまで手伝ってくれるようになりました。まるでわたし、お姫様になったみたいどす」

「幸四郎先生、このこと人には言わんといてな」

徳兵衛が恥ずかしそうに頭を掻く。

「それは良かったですね。きっとそうなってくださるに違いないと思っていました」

幸四郎は、徳兵衛に親し気な目を向けた。

「幸四郎先生、先生はいったいあの薬でどんなまじないを使ったんどすか？　この人に、どういう風の吹き回しなん？　ってわたしがいくら訊いても何も話してくれまへん」

佐和が身を乗り出した。

「徳兵衛さんの胸の内までは、私にはわかりませんよ」

幸四郎が苦笑して、首を横に振った。

「そんなあ……」

佐和が不満げな顔をした。

そのどこか少女じみた仕草に、藍が見ていてはっとするほどの瑞々しい生気が感じられた。

「おそらく徳兵衛さんは、一晩お佐和さんがぐっすり眠って目覚めなかったことで、お佐和さんの有難みをしみじみわかったというところでしょう。良いお二人ですね」

「へえ、そんなもんでっしゃろか？」

佐和はまだどこか納得いかない顔をしてはいたが、ふいに気を取り直したように風呂敷包みを差し出した。

「こちらはお礼のお菓子どす。これからもたまに薬をいただきに伺いますが、どうぞよろしゅうお願いいたします」

「眠り薬はもう必要ありませんね」

「先生！　どうかあれは！」

徳兵衛が引きつった顔をした。

「おい、お前、ちょっとあっち行っとけ。先生んとこの狸はんに遊んでもらっとけ」

徳兵衛がすらあぷんをひょいと抱き上げて、佐和の胸に押し付けた。

狸と呼ばれたすらあぷんが、「ええっ？」と丸い目で徳兵衛を見上げる。

「先生、ちょっと、ちょっと」

徳兵衛が幸四郎の腕を引いて、佐和に背を向けさせた。

「あの薬は、堪忍や。もう二度と出さんといてください」

「ご安心ください。最初から一度きりというお約束でしたよ」

幸四郎は頷く。

「それを聞いてほっとしましたわ。あの薬を飲んだお佐和の顔、わしの頭にずっと残って離れへんのや」

背後で佐和がすらあぷんに「あんた、ほんまにふわふわやねえ」と華やいだ声を掛けている。

「どのようなお顔でしたか？」

幸四郎が訊くと、徳兵衛がぐっと唸った。

「……ありゃ、婆さんの顔や」

絞り出すような声を出す。

「これまでわしは、いっつもお佐和の世話になりっぱなしで、あいつの寝顔を見る機会なんてなかったんや。何十年ぶりかに見たお佐和の寝顔は、もうすっかり婆さんの顔やった。わしが爺さんなんやから当たり前や。けど、まさかお佐和があんなに年取っとったなんて思わへんかったわ」

「女性は、気丈夫な方が多いですからね。それにお佐和さんのように明るくお洒落な方でしたら、周りがその齢を忘れてしまうのはむしろご本人も喜ばれるでしょう。ですが――」

幸四郎がしっかりと頷いた。

「ぐっすり深く眠ったときの寝顔は、決して齢を隠せません。徳兵衛さんが目にしたお佐和さんは、ほんとうのお佐和さんです。年を重ねて、若い頃とは違ってずいぶんと身体も胸の内も疲れやすくなっています。もっともっと周囲が労わらなくてはいけない齢です」

「せやな。わし、あんな婆さんを叩き起こして我儘言うとったんかと思ったら、ぞっとしたわ。お佐和のこと、もっと労わってやらなあかんって身に染みてわかりましたわ」

徳兵衛が肩を落とした。

「ねえ、こそこそ何を話してはるん？　なんだかあて、この子抱っこしてたら眠うなってきましたわ。はよせんと、ここでぐっすり寝てしまいまっせ？」

佐和がすらあぷんに頰を寄せて、大きなあくびをした。

すらあぷんも一緒になってあくびをする。

「もう今終わったとこや！　……先生、今の話、お佐和には決して言わんといてな」

「ええ、もちろんですとも」

幸四郎と徳兵衛は顔を見合わせて微笑んだ。

10

夏の暑さがほんの少し和らいだと思ったら、それからたった数日で宇治にすっかり秋が訪れた。

まだお天道さまは強く輝き葉が青い。草むらでは虫が跳ねる。目に映る景色は夏の盛りと少しも変わらないのに、風だけが明らかにひんやりと冷たい。

「幸四郎先生、お茶をお持ちしました」

縁側ですらあぷんの毛並みを丁寧に梳る幸四郎に、藍は湯吞を差し出した。

「ありがとうございます。ちょうど美味しいお茶を飲みたいと思ったところでした」

「朝から患者さんがたくさんいらして、お疲れではないですか？　すらあぷんさんと一緒に、ひと休みされてくださいな」

長海にもらった、誰でも気軽に手に入る安価な茶葉だ。だからこそこのお茶を幸四郎に美味しく飲んでもらおうと、手間を掛けて心を込めて淹れたお茶だ。

一度だけ湯を器に移して、旨味の中に苦みを残した。

どうか幸四郎の胸に残る味になって欲しいと、祈るような心持ちで急須の中で茶葉が開くのを待った。

すらあぷんには皿に入れた水を出してやると、すらあぷんは「きゃっ」と喜びの声を上げて幸四郎の膝からふわりと下りた。

「ああ、美味しいお茶です。お藍さんが淹れてくださる茶の味は、五臓六腑の濁りがすっと取り去られるような、そんな気がします」

幸四郎がずずっと茶を啜った。

藍は密かに顔を伏せた。

頬が熱い。

幸四郎がかけてくれた嬉しい言葉が、じわじわと胸に広がる。

――幸四郎先生、私、ずっとここでこうしていられたらいいのにと思います。幸四郎先生に美味しいお茶を淹れて差し上げて、それをこんなふうに喜んでいただけたら、他にはもう何もいらないくらい幸せだと思います。

藍はこっそり長く息を吸って、ゆっくりと吐いた。

――幸四郎先生、私をこれからもずっと先生のお側に置いていただけませんか？

熱い頰に、冷たい秋の風を感じた。

「幸四郎先生」

「何でしょう？」

幸四郎が優しい笑みを浮かべてこちらを見た。

「今から、特別に私のお茶の淹れ方をお教えします。長海和尚さん直伝の、手間暇がかかりますが、その分うんと美味しいお茶の淹れ方です。患者さんにお出しすれば、すっきりと疲れが取れて気が晴れる、美味しい、美味しいお茶です」

破れかぶれの心持ちで、きっぱりと言った。

「えっ？　お茶の淹れ方ですか？　確かにそれを教えていただけるのはとても興味深いです。ですが、しかし……」

幸四郎は、いきなり言われて目を丸くしている。

「私、もうすぐお江戸に帰らなくてはいけないんです」

一息に言い切った。

藍と幸四郎は、しばらく見つめ合う。

「そうでしたね。お藍さんは秋になったら、江戸に戻らなくてはいけない人でした。すみません、これからもいつまでもここにいてくださるような気がしてしまっていました」

幸四郎が寂しそうに笑った。

「……私もそんな気がしてしまっていました」

藍は鼻の奥で涙の味を感じる。泣いては駄目だ、と必死で涙を堪えた。

「でも、私はお江戸に戻らなくてはいけません。西ヶ原の伯父さんたちの千寿園と、兄さんのぐっすり庵に戻って、ここで学んだことを役立てなくてはいけません」

「お藍さんが仰るとおりですね。あなたは松次郎と同じように、学んだことを、必ず世のために役立てなくてはいけません。そしてあなたが働く場はお江戸西ヶ原です」

幸四郎が頷いた。

「ですが、お別れがこれほど寂しいとは思いませんでした」

藍は幸四郎の顔をはっと見上げた。

胸の内をさまざまな言葉が渦巻く。

「きっと、いずれまたお会いできます。お別れなんかではありません。私はそのつもりでおります」

藍は幸四郎をまっすぐに見て頷いた。

お江戸から京までの、気が遠くなるような長い長い道のりを思い出す。

西ヶ原に戻ったら、千寿園の跡取り娘として認めてもらえるよう、懸命に働きたかった。次にお江戸と京を行き来できるのなんて、いったいいつのことになるのか皆目わからない。

「次にお目にかかる頃には、私は、きっとお江戸の女傑と呼ばれるような大商人になっているかもわかりません。幸四郎先生は私の姿を見ても、こんなたくましい大女将が藍だなんてわからないかもしれませんよ」

胸を張り、おどけて言ってみせた。

「ではその頃、すらあぷんは、妖怪猫又になっているかもわかりませんね」

幸四郎が応じると、すらあぷんが「ん？」と振り返った。

「ええ、きっとそうです。とんでもなく長生きした猫さんは、妖怪猫又になるといいますものね」

藍はくすりと笑って、すらあぷんの背を撫でた。

すらあぷんが「ありがとう」というように「きゅきゅっ」と鳴く。この異国から来た猫のふわふわした綿のような毛並みを触ることができるのも、あと僅かだ。

「幸四郎先生、どうぞお変わりなく」

藍は改まって頭を下げた。

どれほど長い月日が過ぎても、あなたはずっと、今のままの素敵な幸四郎先生でいらしてくださいね。続く言葉は胸の内だけで言った。

「いつかまた、一緒に美味しいお茶を飲みましょう」

幸四郎の言葉に、すらあぷんが「ぴっ」と鳴いて頷いた。

「はい、いつかきっと」

藍は心を込めて応えた。

秋の風が竹の葉をさらさらと揺らす。空の色が、真夏よりももっと深い青みを帯びて感じられた。

「さあ、それでは、ご用意はよろしいでしょうか？　美味しいお茶を淹れるには、まずは器から始まります。炊事場へ一緒にいらしてくださいな」

藍は気を取り直すように明るい声を上げた。

「はい、お藍先生。何卒お手柔らかにお願い申し上げます」

幸四郎が腰を上げた。

すらあぷんも尾をぱたりと揺らして、素早く立ち上がった。

「幸四郎先生はお薬を煎じることに慣れていらっしゃいますから、きっとコツを摑むのはすぐですよ」

「そうだといいのですが……」

「ひとつひとつの工程にゆっくり手間を掛けるだけで、驚くほど美味しいお茶になるんです。それに今日は特別に、お江戸神田明神の参道でしか飲むことができない、千寿園名物〝かくし茶〟の秘密を教えて差し上げますからね」

藍は切ない胸の痛みを堪えて、幸四郎ににっこりと微笑みかけた。

涼しい秋の風が藍の首元を通り抜ける。うなじのおくれ毛を揺らす。

――お江戸に帰らなくちゃ。私は、ここで学んだことを役立てなくちゃいけないんだわ。

藍は密かに拳を握り締めて、力強く頷いた。

その肆

一番人気は、夫婦別ベッド？

日本のホテルでは当たり前のベッドが二つある二人部屋、通称ツインルーム。実は、欧米のホテルでは珍しい存在です。

欧米では一つの部屋にベッドは一つというのが基本で、二人で宿泊する場合はクイーンサイズ、キングサイズの大きなベッドを一緒に使うのが一般的です。

この習慣には、長年連れ添った夫婦でも恋人同士のように一緒に眠るのが当たり前、という欧米のカップルの考え方と、お互いの寝心地の良さを重視する日本の夫婦との考え方の違いが影響していると言われています。

ですが一方で、欧米の二人用として一般的なクイーンサイズ、キングサイズ、と呼ばれるベッドは、日本のダブルベッドサイズ（幅140センチ×長さ195センチ）よりも一回り以上大きくて、広々と眠ることができる、という事情も見落としてはいけません。

日本の住宅事情では、クイーンサイズ（幅152センチ×長さ202センチ）やキングサイズ（幅193センチ×長さ203センチ）のベッドを設置することができる広い寝室、スムーズに搬入できる経路のある住まいは、特に集合住宅ではそう多くありません。

そんな事情を考えると、日本では、各々眠るスペースがいちばん広く取れる一人用のベッド二台の寝室に人気が出てくるのは、仕方がないともいえるでしょう。

日本では、夫婦が欧米らしく恋人のようにべったり寄り添うことは少ないイメ

ージがあるかもしれません。ですが一方で、起床時間の違いや、寝がえりや夜にトイレに起きたりなどで相手の睡眠を邪魔したくない、という気配りこそが、日本の夫婦らしい愛情表現なのかもしれませんね。

本書は書き下ろしです。

実業之日本社文庫　最新刊

知念実希人
神秘のセラピスト　天久鷹央の推理カルテ　完全版
左手の聖痕であらゆる病を治すと豪語する「預言者」。鷹央はその「神秘」に潜む真実を明らかにできるのか。書き下ろし掌編「詐欺師と小鳥」収録の完全版！
ち1105

西村京太郎
十津川警部　北陸新幹線殺人事件　新装版
北陸路を震撼させた事件と戦争の意外なつながりとは!? 山前譲氏による北陸新幹線延伸記念特別企画「北陸新幹線と西村京太郎ミステリー」が加わった新装版！
に130

日野 草
殺し屋の約束
戦後の混乱期から現在を経て未来まで。百年のあいだ「約束」を受け継いだ殺し屋たちの願いとは――？　まったく新しい殺し屋ミステリー誕生！　解説／大矢博子
ひ71

南 英男
策略者　捜査前線
おまえを殺った奴は、おれが必ず取っ捕まえる！　歌舞伎町スナック店長殺しの裏に謎の女が――？　亡き親友に誓う弔い捜査！　警察ハード・サスペンス！
み733

彼女。
百合小説アンソロジー
相沢沙呼　青崎有吾　乾くるみ　織守きょうや　斜線堂有紀　武田綾乃　円居挽
百合ってなんだろう。彼女と私、至極の関係性を描いた珠玉の七編とそれを彩る七つのイラスト。傑作アンソロジー待望の文庫化！　〝観測者〟は、あなた。
ん101

実業之日本社文庫 い174

京の恋だより　眠り医者ぐっすり庵

2024年2月15日　初版第1刷発行

著　者　泉ゆたか

発行者　岩野裕一
発行所　株式会社実業之日本社
〒107-0062　東京都港区南青山6-6-22 emergence 2
電話［編集］03(6809)0473［販売］03(6809)0495
ホームページ　https://www.j-n.co.jp/
ＤＴＰ　ラッシュ
印刷所　大日本印刷株式会社
製本所　大日本印刷株式会社

フォーマットデザイン　鈴木正道（Suzuki Design）

ISBN978-4-408-55863-9（第二文芸）